文春文庫

ふたつの時間、ふたりの自分

柚月裕子

文藝春秋

ふたつの時間、ふたりの自分

目次

ふたつの時間

ふたりの自分

ふたつの時間、ふたりの自分

ふたつの時間

記憶のなかの料理

　幼い頃、正月が近くなると、母は殻つき胡桃《くるみ》をどこからか山ほど持ってきた。

　当時、私は二畳ほどの縁側を、自分の部屋として使っていた。庭に面していたその縁側で、胡桃を割る。

　割るのは母の役割だ。コンクリートのブロックのうえに垂直に立てて、金槌《かなづち》をまっすぐに下ろす。胡桃は自ら望んだようにきれいに割れる。

　私も真似《まね》をして割ってみた。しかし、上手《うま》くいかない。私が金槌で胡桃の頭を叩《たた》くと、きれいに割れず四方にはじけ飛んでいく。飛んでいった欠《かけ》片《ら》を拾おうと、部屋の隅に置いてある机の下にもぐりこむ。そんな私を見て、母は「指を潰《つぶ》すと悪いから」と、金槌を手に取り、再び手際よく胡桃を割りはじめた。

私の担当は、割れた胡桃から中身を取りだす作業だった。使うのは蒲団《ふとん》針。木綿針ではいけない。木綿針は先端が尖《とが》りすぎていて、中身に皹《ひび》が入りくずれてしまう。爪楊枝《つまようじ》もだめだ。胡桃の油で木が柔らかくなり、先がすぐに曲がってしまう。やはり一番いいのは、ほどよい丸みの先端を持つ蒲団針だった。

蒲団針を、殻と中身の間にすべりこませて、くるりと回す。大半は中身が途中で折れて、殻の奥に残ってしまう。しかし、希《まれ》に殻の形のまま取れることがある。そんなときはすごく嬉《うれ》しい。

きれいに取れた中身を手のひらに乗せて母に見せると、母は「上手、上手」と手を叩いて、得意げに見せびらかす娘を褒めた。

剝《む》いた胡桃が、大きなすり鉢の半分ほどになると、すりこ木で潰していく。胡桃の粒はもちろん、中身を包んでいる茶色い内皮がなくなるまですり潰す作業は、手間と時間がかかる。

外は木枯らしが吹いている。薄い窓ガラスが、風に合わせて音をたてている。庭先を流れる中津川《なかつがわ》の岸辺には、うっすらと雪が積もっている。しかし、日当たりがいい縁側は暖かい。窓から差し込んでいる冬の陽に背を向けて、じっと作業をしていると、石油ストーブがいらないくらいだ。

心地いい温かさと、胡桃をひたすら擂《す》る単調な作業は、子供の私の眠気を誘う。待ちきれなくて「もういいんじゃない?」とせかす娘に、母は「まあだまだ」と、首を横に振る。そんな問答を幾度か繰り返し、胡桃はすり鉢のなかで琥珀《こはく》色の胡桃だれになる。

「そろそろ出来たかな」と、母がたれを指で掬《すく》う。待ってました、とばかりに、自分もたれに指を入れる。いっぱいつくように、指でたれをぐるぐるかき回す。とろみのある琥珀色のたれに、指の跡が通ったまま残る。

たれがついた指を口に入れると、尖りのない丸い甘さが口のなかに広がる。舌触りは、ひとつのざらつきもないほどなめらかだ。やめられずに何度も味見をしていると、母は「そんなに舐《な》めたらなくなっちゃうでしょう」と笑いながら、すり鉢に手で蓋《ふた》をする真似をした。

大人になり、あの胡桃だれで作った胡桃餅が食べたくて、自分で作ったことがある。詳細なレシピなどない。すべて記憶に頼る作業だ。出来上がりは悲惨なもの。角がある甘ったるさだけが舌に残り、胡桃の味がしない。すり潰しきれなかった内皮が舌に残り、ざらざらする。とろみも足りず、餅につけてもたれが皿にだらだらと落ちる始末。母の胡桃餅どころか、市販の胡桃餅のほうが百倍ましだった。

記憶を辿《たど》りながら作る料理は、なかなか納得のいく仕上がりにならない。常に「なにか違う」という不満がつきまとう。曖昧《あいまい》な記憶をもとに作るのだから、曖昧な料理にしかならないのは当然だ。

胡桃餅は、いまでも時々作る。以前は、母に作り方をもう聞けないことを悲しんだり、母と同じ味にならないことを悔しがったりしたが、今は、それも悪くない、と思うようになった。

記憶のなかの料理の再現は、思い出の再現である。旅先で食した料理ならば旅先での思い出が、母が作ってくれた料理ならば母の思い出が、作りあげるまでの過程で蘇《よみがえ》ってくる。

私にとって胡桃餅を作る目的は、味の再現ではなく、母を思い出す儀式のひとつになっている。

違いは間違いではない

娘の高校受験の日。いつもどおりの時間に起こし、いつもどおりの朝食をつくり、いつもどおりの言葉で娘を送り出した。すべていつもと同じ朝だ。娘を見送ったあと、自分の身支度をして、当時、勤めていた職場に向かった。

席につくと、勤務歴も年齢も先輩の女性に声をかけられた。

「どうして今日、会社にきたの？　娘さん、受験でしょう」

彼女には以前から、今日が娘の受験日だと伝えていた。しかし、それが自分の出勤とどう関係あるのかわからなくて理由を訊《たず》ねた。彼女曰《いわ》く、今日は特別な日なのだから、子供を送り出したあとは家でじっとして、試験が無事終わったという子供からの連絡を待つのが普通だ、自分は三人の子供の受験日は、すべてそうして過ごしてきた、とのことだった。

彼女はそうかもしれないけれど、私は日常のなかで娘を見送りたかった。がんばって、という言葉を真正面から受け止め、ガッツポーズをつくり試験に向かう子供もいるだろうが、娘はそのようなタイプではない。応援すればそれがプレッシャーとなり、逆に実力を発揮できない可能性もある。だから普段どおりに見送った、と先輩に説明した。しかし、彼女は強い口調でひとこと、それは間違っている、と言った。

『カモメに飛ぶことを教えた猫』（ルイス・セプルベダ　白水社）という本がある。私の愛読書のひとつだ。

ハンブルク港に住む黒猫ゾルバのもとに、ある日、一羽のカモメが空から落ちて来る。カモメは全身、タンカーが吐き出した原油にまみれ、あとわずかな命だった。カモメは最後の力を振り絞り、ゾルバに三つの約束を迫る。一つは、これから自分が産む卵を食べないこと、二つ目は、ヒナが孵《かえ》るまで卵の面倒をみること、最後はヒナに飛ぶこと教えること、だった。ゾルバはカモメに約束を守ると誓い、港に住む仲間の猫たちと、カモメとの約束を果たそうとする。

卵から孵ったヒナは、幸運な者という意味をもつフォルトゥナータという名前をもらい、すくすくと育つ。

ゾルバには「博士」と呼ばれている猫の仲間がいるが、ある日、フォルトゥナータは博士がいる館の入場料係兼守衛を務めるチンパンジーのマチアスから、猫たちがお前をちやほやしているのはお前を大きくして食べるためだ、と言われる。

悲しみに沈むフォルトゥナータにゾルバは、泣いている理由を訊ねる。話を聞いたゾルバは、フォルトゥナータの涙を舌で舐めながら言った。

「きみはカモメだ。だがチンパンジーの言ったことで正しいのは、それだいけだ」

そして、いかに港の猫たちがフォルトゥナータを愛し、大事に思っているかを語る。

「きみのおかげでぼくたちは、自分とは違っている者を認め、尊重し、愛することを、知ったんだ」

ゾルバは言う。お互いの絶望的な違いを認め、その違いは決して超えられないものであり、カモメを猫にしようなんて思ったことはない。キミをカモメとして愛している、違うからこそ愛《いと》しい、と。

進学、就職にともない新しい出会いにめぐり合う季節がくる。自分が持っていた価値観や、常識だと思っていたこととは違う考えに、誰しも数多く触れると思う。それは新鮮な体験であると同時に、辛さや孤独を感じることでもある。

そんなとき、ゾルバが自分とは違う種族のカモメを愛する姿を脳裡《のうり》に浮かべ、違いは間違いではない、とつぶやいてみてはいかがだろう。

物語のなかで、ゾルバはフォルトゥナータにこうも言っている。「きみは、飛ばなくてはならない。飛ぶことができたときこそ、フォルトゥナータ、きみはきっと、ほんとうに幸せになれる。そうしてぼくたちに対するきみの気持ちも、きみに対するぼくたちの気持ちも、今よりもっと強く、かけがえのないものになるはずだ。だってそれは、まったく異なる者どうしの愛だから」

違いを認め相手を理解しようとすることは、同時に擦り傷を負った自分の心を癒やす薬にもなるはずだ。

道の記憶

みはらしの丘を西に見て、東北中央自動車道と奥羽《おうう》本線が交差する場所に、一本の桜の樹がある。通称、種蒔桜《たねまきざくら》。

樹齢六百年を越えるエドヒガンの老桜で、山形市の天然記念物にも指定されている名木だ。太い幹から分かれる枝は、数本の添木に支えられながら、空に向かって四方に伸びている。

傍らには愛染《あいせん》神社が建っている。村の鎮守で、かつては旅人の安全を守る神、塞《さえ》の神だった。ここは江戸へ続く旧羽州《うしゅう》街道沿いにあり、山形の入り口にあたる場所だった。境内の端に立ち北に目を凝らすと、山形の街が遠望できる。

昔はこの種蒔桜が、山形まであと一里という目印だった。羽州街道の最大の難所である金山峠《かなやま》を越え、ひたすら山形を目指し歩き続けた旅人は、この樹を見たとき、どんな思いを抱いただろう。

街灯のない時代、陽が沈むとあたりは闇に包まれる。闇は恐ろしい。道から足を踏み外して崖《がけ》から落ちるかもしれないし、獣や追いはぎに襲われる可能性もある。夕暮れが迫る街道を、旅人は足早に歩を進めたことだろう。そんなときに種蒔桜が見えたら、どれほど安心したことか。遠くに見える家々の夕餉《ゆうげ》の煙を、どれほど暖かく感じたことだろうか。

この道を商いで通った商人もいたはずだ。親の死に目に会いたい一心で、闇を駆けた者もいただろう。あるいは、一家離散の旅もあったかもしれない。旅人は何を思い、何を考え、道を歩いたのだろうか。道には、さまざまな人の思いが刻まれているように思えてならない。

ある年の暮れ、出身地である岩手のテレビ局の取材で、幼少時代を過ごした盛岡を訪れた。本に関するスタジオでの収録と、むかし通っていた小学校近辺で子供時代の思い出を取材したいとの依頼だ。盛岡には小学校低学年から高学年にかけて住んでいたのだが、訪れるのは引っ越して以来で、およそ数十年ぶりだった。

スタジオでの収録を終え、小学校に車で向かう途中、市内を通った。自分が知っている建造物は何ひとつなかった。見慣れない建物がたち並び、道もすっかり変わっている。そこは自分が知っている盛岡ではなかった。

中心地を抜けてしばらく走ると、道幅が狭くなった。車の窓から外を見ているうちに、胸が昂《たか》ぶってきた。私はここを知っている。見知った建物は何もないけど、当時の目印になるような看板もないけど、でも私は、この道を知っている、と思った。運転しているスタッフの方に、胸の高鳴りを抑えて道順を伝えた。ナビゲートした通り進んだ先に、小学校があった。

車を降りて、小学校の先の角を曲がった。川があった。川に沿って道がある。道の先は、当時住んでいた家がある場所だった。

建物はすべて変わっていた。病院だったところは大きな個人宅に変わり、商店だったところは駐車場になっていた。でも、そこは確かに、自分が住んでいた町だった。

昔と同じ冷たい川風が吹いていた。目の前の景色をじっと見ていると、忘れていた出来事が思い出されてきた。学校に行きたくなくて、泣きながら駄々をこねた朝のこと。熱を出した私を、母が背負って医院まで連れて行ってくれた日のこと。そのとき、まわりの人に見られるのがはずかしくて、母の背中にずっと顔をふせていたことも。

「三十年ぶりなのに、よく道がわかりましたね」とスタッフの方が言った。

私は即座に答えた。

「はい、道が変わっていなかったから」

ここ数年、郊外の開発が目覚ましい。たった半月しか経《た》っていないのに、道が変わっていて、どこを走っているのかわからなくなることがある。道が変わらなければ、三十年ぶりに訪れてもその町を思い出せるのに、と改めて思う。

今日も街のいたるところで道路工事が行われている。仕方のないことだ、とわかっていても、道が変わっていく光景を見ると、一抹の淋《さび》しさを感じてしまう。

その昔、種蒔桜の道に思いを刻んだ旅人たちが今の時代を見たら、果たして、どう感じるのだろうか。

安心なる不安

最近、図書館に通っている。たいがい午後に利用しているが、日によっては開館から閉館までいることもある。

私は自宅を仕事場にしているが、なにごとにもメリット・デメリットがあるように、在宅仕事もいいことばかりではない。家にいると、いろいろなことで仕事が中断する。部屋の汚れが気になり、つい掃除をはじめてしまうときもあるし、訪問セールスに時間をとられることもある。いちばん厄介なのがルナだ。ルナとは私の愛猫だが、そばにいるとついちょっかいを出してしまう。気がつくと時間だけが経っていることもしばしばだ。

そうなるともうダメで、激しい自己嫌悪と、先の見えない将来に対する不安に苛《さいな》まれる。定時の仕事をしていた頃にはわからなかったが、フリーという仕事に就いてみて、自由という環境には、強い精神力と自己管理能力が必要不可欠だ、と痛感した。

自分の甘さを反省し、静かで何時間いても追い出されず、落ち着いて仕事ができる場所に行くことにした。要するに図書館だ。図書館といっても環境はさまざまで、パソコン作業をする時間を制限しているところもあるし、喧騒《けんそう》が気になる場所もある。いろいろ渡り歩いて、いま利用している図書館を見つけた。

そこは管理が行き届いているし、自然に囲まれていて環境もいい。利用者も多すぎず少なすぎず、ちょうどいい空間である。人目があるから疲れても自宅のように寝転べないし、愛猫に現実逃避もできない。ひたすら仕事に没頭し、自分を追い込める。それだけでも私が求めている条件を満たしているのだが、図書館にはもうひとつ大きな利点があった。

人間の集中力には限界がある。いくらいい環境とはいえ、何時間もパソコンの画面を見ていると、目がかすみ思考が定まらなくなってくる。そんなときは、無理に仕事を続けない。仕事を中断し、館内を歩く。図書館だから当然、本は豊富にある。いろいろな棚を見ていると、普段、書店では手に取らない本に目がいく。

先日も館内を歩いていると、一冊の本が目にとまった。『フランス名句辞典』(大修館書店)、フランスの著名な思想家や詩人が残した名句が綴《つづ》られているものだった。

そのなかに、フランスの詩人で思想家のポール・ヴァレリーの句があった。

「湖に浮かべたボートをこぐように、人は後ろ向きに未来に入っていく。目に映るのは過去の風景ばかり、明日の景色は誰も知らない」

ヴァレリーはこの句で未来を予見することの危険を説いたようなのだが、

私はこの句から、先日、ある友人と交わした会話を思い出した。彼女とは古くからの付き合いで学生の頃は、二十代で夢を叶《かな》えて、三十代で自分の人生のレールをしっかり敷き、四十代はそのレールに乗っかってあとはゴールに向かっていくだけだよね、などと将来のことを話しあっていた仲だ。しかし、先日、彼女と交わした会話の内容は、四十歳を過ぎたいま、お互いレールが敷かれるどころか、目の前にあるのは広い荒地だけ。ゴールは一向に見えず、毎日、目の前に枕木を一本一本置くような日々だよね、というものだった。

ヴァレリーの句を読んだ日の夜、友人に電話をして彼女に言った。

「ヴァレリーが言ったように、人は後ろ向きに未来に入っていくなら、先は見えなくて当然だと思う。まだ歩いていない足跡など見えるわけがない。歴史に名を残す著名な思想家だって未来などわからなかったんだから、私たちが将来に不安を感じるのは当たり前よ。だから、安心して不安になっ

 てもいいと思う」

話を聞いていた彼女は小さく笑った。

「そうね、これからは安心して不安になる」

不安は厄介だ。すでに起きている出来事に対しては対処できるが、まだなにも起きていない時点での不安は対処のしようがない。ならば、安心して不安になったほうがいい。

そのことに気づいてから、私はちょっとだけ安心して不安になっている。

祭りのひよこ

梅雨が明けたこの季節、県内で祭りが盛んに行われている。

今でこそ、祭りの由来や意味に興味があるけれど、子供の頃はそのようなものにいっさい興味がなかった。祭りの楽しみは夜店で、親から何を買ってもらうかだけを考えていた。

日が沈むと真っ暗になる境内が、その日だけはちがう。杉の樹のあいだに連なる提灯《ちょうちん》や露店の灯《あか》りが、闇をところどころ明るく照らしている。灯りのなかで、露天商がいろいろなものを売っている。わたあめ、お面、べっこう飴《あめ》。立ち並ぶテントのなかで、ひときわ人だかりが出来ている店があった。

人ごみを押しのけて前に出ると、そこには、ひよこがいた。ベニヤ板で作られた粗雑な木箱のなかで、ひしめきあっている。それは、私がいままで見たこともないひよこだった。黄色、ピンク、水色など、カラフルな羽をしたひよこがピーピー鳴きながら、上からぶら下がっている裸電球に群がっている。

私はひと目で欲しくなった。一緒に来ていた父にねだる。父は渋い顔で首を横にふり、私の手を取った。私は足を踏んばって、その場にしがみついた。きれいなひよこがどうしても欲しくて泣いて駄々をこねた。とうとう父は根負けして、ピンクのひよこを一羽、買ってくれた。

帰り道、私の頭のなかは、きれいなひよこを見て羨《うらや》ましがる友達の顔でいっぱいだった。茶色い紙袋のなかで元気に鳴いているひよこが、ほどなく死んでしまうなんて思ってもいなかった。

それからしばらくは、ひよこの世話を甲斐甲斐《かいがい》しくした。まめに餌を与え、段ボールから出して掌《てのひら》で遊ばせる。

しかし、子供は飽きっぽく、私も例外ではなかった。ひよこがいる生活があたりまえになるとひよこへの関心が薄れ、学校から帰るとランドセルを玄関に放り投げ、遊びに行くようになった。

祭りからひと月ほど経った頃、ひよこが餌を食べなくなった。掌に乗せても手の中でうずくまり震えている。どうしたのかと母に訊ねると、母は
「祭りで買う子は弱いから」とだけ、つぶやいた。

その日も私は学校から帰ると、いつものように遊びに行こうとした。その私を母の声が引きとめた。

「今日は遊びに行っちゃだめよ」

理由を訊ねると、ひよこの具合がかなり悪いという。それでも私は遊びに行こうとした。ひよこが死ぬ、という実感がなかった。

「すぐ帰るから」

私は玄関の戸に手をかけた。その手を母が摑《つか》んだ。後ろを振り返ると、それまで見たこともない母の厳しい顔があった。母は私を力ずくで茶の間に連れていくと、部屋の隅においている段ボール箱の前に座らせた。

「見なさい」

箱のなかでひよこが倒れていた。まぶたを閉じ、着色料が取れてすっかり色褪《いろあ》せた身体を震わせていた。

玄関で、なかなか出てこない私を呼ぶ友達の声が聞こえた。怖さと遊びたさで、私は逃げ出そうとした。しかし、母は私の手を離さなかった。

「あなたが欲しくて飼ったひよこでしょう。そのひよこがどうなるか、きちんと見なさい！　あなたは最期まで見なければいけないの！」

ひよこはしばらく震えていたが、やがて動かなくなった。呼んでも揺すってもぴくりともしない。時間が経つにつれて、羽は水で濡《ぬ》れたようにべったりとし、細い足は曲がったまま固くなった。

私は泣いた。鳴かなくなったひよこを掌に乗せて、声をあげて泣いた。

いまは、死というものに対する意識が希薄になっている、という声がある。それは兄弟の数が減り核家族が増え、身近な人間の死を経験しない人が多くなったからだ、という意見も聞く。

私も身近な人の死は、母親しか知らない。その私が、はじめて死というものを意識したのは、身近な人間の死からではなく、夜店で駄々をこねて飼ったひよこだった。

いまでも祭りを見ると、掌のなかで次第に冷たくなっていった、ピンクのひよこを思い出す。

たったひとつのきっかけ

以前、山形県内のある小学校で、絵本の読み聞かせをしていたことがある。

数人の保護者が、ボランティアで月に数回、一年生から六年生までのクラスを順番に回り、絵本を読む。私もボランティアのひとりだった。

一年ぐらい続けたが、その間に保護者の方からよく訊かれたものだ。

「子供を本好きにさせるには、どうしたらいいんですか」

そのたびに私は、本を読むことを強制しないこと、それから、本の感想を聞かないこと、と答えた。

読書は嗜好品《しこうひん》と同じだ、と私は思っている。コーヒーが嫌いな人にいくらコーヒーの美味《おい》しさを説いても伝わらないように、本が苦手な人にいくら読書を勧めても、苦痛にしかならない。嫌いな本を無理やり読ませて感想を求める行為は、人を本から遠ざける、最大の要因のひとつになっているのではないだろうか。

それは本に限ったことではなく、スポーツや手芸など、趣味全般に当てはまることで、その面白さがわからない人にいくら口で魅力を説いても、伝わらないと思っている。

では、苦手な人に興味を持たせるにはどうしたらいいのか。簡単なことだ。興味を持たせたいものを、面白い、と思わせればいいのである。本ならば、心の底から「面白い！」と思える一冊に出会わせればいい。きっかけさえあれば、あとは勝手に読むようになる。大人はその一冊に出会える機会を、設けてやりさえすればいい。

そうは言っても、どんな本を選んだらいいのかわからない、という方も多いだろう。難しいことではない。書店に行って担当スタッフにお薦めの本を尋ねてもいいし、図書館を利用していろいろなジャンルの本を手当たりしだい借りるのもいい。書評やブックガイドを参考にするのも手だ。重要なのは、子供が自然に本に触れられる環境を整えてやることだ。

先日、近くにあるショッピング・センターで、新人ユニットのインストア・ライブがあった。音楽はよく聴くが、ライブというものにあまり興味がなく、これまで会場に足を運んだことがなかった。その日、顔を出したのは、知人のお誘いだったからだ。

普段、人が行き交うスペースになっているセントラルコートは、即席の会場になっていた。メンバーのふたりが、用意されたステージのうえで、ギターを弾きながら歌っている。

会場を眺めていた私は、ひとりの女の子に目を惹《ひ》かれた。小学校一年生くらいだろうか。私の目の前で、立ったまま歌を聴いている。用意された客席はほぼ満席で、立ち見まで出ていた。しかし、小さな女の子ひとりくらいなら、座れるスペースはある。それなのに彼女は立ったまま、座ろうとはしない。

なぜ座らないのだろうか、と不思議に思いながらステージを見ていたが、ふいに後ろを振り向いた女の子の顔をみて、ようやくその理由がわかった。

私の背後にいる連れを見た彼女の顔はあふれんばかりの楽しさに満ちていた。澄んだ大きな瞳は強く輝き、頰《ほお》は昂奮《こうふん》のせいか赤く染まっている。小さな唇はこの楽しさをいますぐ誰かに伝えたい、とでもいうように、語りかけたそうにしている。気持ちが昂ぶり、じっと座っていることなどできなかったのである。

曲が変わり、メンバーのひとりが客席に手拍子を求めた。たくさんの観客が曲に合わせて手を打ち鳴らす。女の子も全身でリズムを取りながら、手を叩いていた。手のひらが痛くならないだろうか、と心配になるくらい、一心に手を叩き続けている。

彼女はこのライブをいつまでも忘れないだろう。彼らの伸びやかな歌声と美しいメロディーは彼女の心に深く刻まれ、新しい世界の扉を開くきっかけになったかもしれない。

もうすぐ夏休みがやってくる。知らない世界の扉を開くきっかけは、いたるところにある。いろいろな場所に行き、多くのものに触れ、さまざまな経験をし、たったひとつでいいから、未知の世界が広がるきっかけに出会ってほしい。

想像力を駆使して読み解く作品

梅雨が長引いている。山形も七月に入って雨の日が多い。この原稿を書いているいまも、外は雨模様だ。

雨をみると、ある童謡を思い出す。

野口雨情《のぐちうじょう》作詞、中山晋平作曲の「雨降りお月さん」だ。幼い頃、いまは亡き母がお風呂でよく歌ってくれた歌だった。

「雨降りお月さん　雲の蔭《かげ》　お嫁にゆくときゃ　誰とゆく　一人で傘《からかさ》さして行く　傘ないときゃ　誰とゆく　シャラシャラシャンシャン鈴つけたお馬にゆられて　ぬれてゆく」

この歌は、雨情が、馬で二日もかかって輿《こし》入れした、夫人のひろに対するねぎらいの思いをこめて歌ったものといわれている。子供の頃は歌の意味などわからず、メロディの美しさと曲に漂う切なさに惹かれ、好んで歌っていた。「雨降りお月さん」に限らず、童謡には秘めた思いがこめられているものが少なくない。

同じく雨情作詞の「しゃぼん玉」は、幼くして亡くなったわが子への悲しみを歌ったものだとか、病気でこの世を去った親戚もしくは近所の子供を偲《しの》んだ歌だなど、いろいろな説があるが、幼くして亡くなった子供を悼む歌であったことは確かだろう。

西条八十《さいじょうやそ》作詞の「歌を忘れたカナリヤ」には、カナリヤは西条八十本人の姿だという説がある。十四歳で父親を亡くし、詩人を志しながらも、生活のためにさまざまな職業につかなければならなかった八十が、詩人になる、という夢を忘れそうになった自分に、夢と希望を捨てなければきっとまた詩人を志す気持ちを思い出す、と言い聞かせた、との解釈だ。

童謡が全盛期だった大正、昭和の時代は、さまざまな抑制があった。

男子たるもの涙を見せるのは恥だ、とか、女性が自ら男性に恋心を打ち明けるのは慎みがない、と言われたし、戦時中は戦争批判などできるはずもなかった。

制約があったのは日本に限らず海外も同じで、ハリウッドでは、同性愛をモチーフにした映画はご法度だった時代がある。しかし実際には、表現者たちはさまざまな方法で、同性愛を描いている。

一九五九年に制作され、史上最多の十一部門でアカデミー賞を獲得した名作「ベン・ハー」も同性愛を描いた作品だという。一見、ローマ時代を舞台にしたスペクタクル史劇だが、実は再会する幼なじみの二人を元恋人に設定した、同性愛者の葛藤《かっとう》劇だったというのだ。これは脚本を手がけたゴア・ヴィダルが自ら語っているので間違いないだろう。

作品のなかにさりげなく組み込まれた作り手のメッセージを読み解くと、

まったく別なものが見えてくる、という具合だ。

そのような作品を検証しているのが、一九九五年にアメリカで制作されたドキュメンタリー映画「セルロイド・クローゼット」だ。映画関係者たちにインタビューし「理由なき反抗」「お熱いのがお好き」「明日に向って撃て!」など百二十本にも及ぶハリウッド映画を検証し、裏に隠されたモチーフを明らかにしたものだ。

思想や生き方、感情表現が自由になったこの時代、歌も映画も、オブラートにくるまずに済むようになった。男性も女性も相手を恋うる想《おも》いを熱唱し、社会批判や独自のメッセージを画面いっぱいに描きだす。現実にはまだ、倫理に反するという理由で表現を制約される場合があるが、昔に比べればはるかに自由になった。

そのような時代を、素直に喜ばしく思う。しかしその反面、本音を別なものに託し表現しなければならなかった時代が生みだしたものにも、私は強く心を惹かれる。口にできない辛い思いやメッセージを、何とか伝えたいという切なる思いが、心を打つのかもしれない。

いま、歌や映画に限らず、小説もわかりやすいものが受け入れられやすくなっている。単刀直入で、作り手が言わんとしていることが明白に描かれているものが支持を集めているようだ。考えずに楽しめる作品は、見る側にとっては楽だろう。しかし、自分の想像力を駆使して読み解く作品がもっとあってもいいのではないか、と自戒をこめて思うのである。

残す人

あまり本を読まない人でも、心に残る一冊があるだろう。私にもいくつかある。『汐《しお》のなごり』（徳間文庫）は、そのなかの一冊だ。二〇〇九年八月二十六日、胃がんのため六十一歳の若さで永眠された、北《きた》重人《しげと》さんの作品である。

北さんは二〇〇七年に『蒼火《あおび》』（文春文庫）で大藪春彦《おおやぶはるひこ》賞を受賞し、二〇〇九年は『汐のなごり』で直木賞候補になった。遅咲きながら将来を嘱望された、実力派の時代小説作家である。

『汐のなごり』は、北さんの故郷である酒田《さかた》をイメージした水潟《みなかた》という湊《みなと》町《まち》を舞台にした時代小説集で、六作品が収録されている。どれも胸を打つ物語だが、なかでも「海羽山《かいうさん》」という短編が強く心に残っている。

天明四年に津軽《つがる》で大飢饉《だいききん》がおき、多くの村人たちが、羽州方面に逃散《ちょうさん》する。主人公の喜三郎一家も村を捨てた。父と母、そして兄と鳥海山《ちょうかいさん》を思わせる海羽山を越えようとするが、水潟にたどり着いたのは幼い喜三郎だけだった。

喜三郎は古着屋の旦那《だんな》だった先代喜三郎に拾われて、後に店の跡を継ぐ。暖簾《のれん》に傷をつけそうになりながらも、なんとか乗り越え、気がつけば水潟に流れ着いてから五十年が経っていた。

喜三郎にはひとつだけ気がかりなことがあった。母の姿が思い出せないことである。顔も姿もあるときまでは覚えていたのに、いつごろからか思い出せない。

このあと、死んだと思われていた兄の明雲海と再会し、母を思い出せない理由を聞かされるが、明雲海の妻で「いたこ」の春日が語った母の言葉が胸に迫る。

その部分を記載したいが、喜三郎が母を思い出せない理由が書かれているので、ここでの引用は控えさせていただく。どうか、ご自分でお読みいただきたい。

今回、原稿を書くために再び本を開いたが、なんど読んでもやはり落涙した。それぞれの作品に心に残る言葉があり、物語のなかに描かれている湊町の様子や、美しい自然描写が鮮明に頭に残る。

北さんのことで、記憶に残っているのは作品ばかりではない。

北さんと初めてお会いしたのは、山形で毎月行われている「小説家になろう講座」の講師としてお見えになったときだ。まだご病気になられる前だった。

テキストを隅々まで読み込み、ひと言ひと言、丁寧に講評される姿が印象的だった。言葉の端々に重みが感じられ、お話しになる内容に説得力があった。北さんの言葉が心に残るのは、自分自身が経験して得た価値観を踏まえ、自分の言葉で噛《か》み砕いてお話しになるからだろう。

そのことを強く認識したのは、私がデビューしたときだった。いただいたメールには、受賞を祝う言葉と一緒に「この受賞があなたの吉兆になりますように」という一文が記されていた。

受賞したとき、私のなかには喜び以上の不安があった。北さんはご自身の経験から受賞者の不安な心境を考え、この先いいことばかりではない、怠けず精進しなさい、と励ましてくださったのだ。

最後にお会いしたのは、二〇〇九年の五月、北さんが講演会のために酒田を訪れたときだった。ご一緒させていただいた夕食の席で北さんは、書きたいものがある、とおっしゃった。

「江戸の成り立ちを書きたいんですよ。江戸時代を書く人はたくさんいるけれど、江戸がどのようにして出来たかを書いた人はいないでしょう。文献や資料など調べるのが大変だけどね」

建築関係に携わっていた北さんらしい発想だと思った。そのときの北さんは、大変だ、といいながらも、とても嬉しそうな顔をしていた。

北さんとお会いできたのは数えるほどしかないけれど、いま、こうして原稿を書いていても、北さんの言葉や表情が、後から後から思い出されてくる。北さんは、ご本人や作品を通して心になにかを残してくれる方だった。

北さんともっとお話ししたかった。北さんが書く作品をもっと読みたかった。もっと長生きして、人の心にたくさんのものを残していただきたかった。

衷心よりご冥福をお祈りする。

犬と猫と人間と

先日、知人からある邦画の話を聞いた。その映画は、ひとりのおばあちゃんの「かわいそうな犬や猫を一匹でも減らしたい」という願いからつくられたものだという。「犬と猫と人間と」というタイトルの映画だ。

映画を企画した稲葉恵子さんは、長年多くの捨て猫を世話してきた。が、年をとるにつれ、猫たちの行く末を案じるようになる。ついには、年金をつぎ込んでもいいから、大人も子供も動物を大切に思ってもらえるような映画を作ってほしい、と考えるようになった。そこで映画監督の飯田基晴氏に話を持ちかける。

突然の申し出に困惑しながらも、稲葉さんの真剣な訴えに心を動かされ、飯田監督は入念な取材をはじめる。捨て猫や捨て犬を殺処分する行政施設、民間の動物愛護協会や野良猫の去勢避妊手術を続ける獣医師たち、お年玉をつぎ込んで捨てられた犬の世話をする小学生たちへと、取材の手は次々に伸びた。さらには、動物愛護先進国のイギリスにまでその手は及び、四年という歳月を費やして映画は完成する。

この映画は、人間のエゴによって生み出された不幸な命を浮き彫りにしつつ、そんな犬や猫たちを懸命に救おうとする人間たちの姿を追ったドキュメンタリー映画である。

映画の公式ホームページによると、二〇〇八年の日本国内における犬猫の飼育数は、犬が千三百十万匹、猫が千三百七十三万匹、合計で二千六百八十三万匹とされている（一般社団法人ペットフード協会調べ）。これは、十五歳未満の子どもの総数を上回る。日本はまさにペット王国だと、あらためて感じさせる数字だ。

しかしその反面、不法に捨てられ、殺処分された犬や猫も多い。二〇〇七年には三十一万四百五十七匹、一日あたり一千匹近くの犬猫が処分されている計算だ。政府も、動物愛護や管理についてさまざま指針を打ち出してはいるが、改善は容易ではない。

以前、タウン誌の仕事でペットショップの取材をしたことがある。店のオーナーにペットと仲良く暮らす方法を尋ねると、明快な答えが返ってきた。「ペットを飼うために一番大切なのは、飼い主のビジョンです」。犬や猫は血統や種類によって特性が違う。番犬向きで吠《ほ》える特性をもつ犬もいれば、ポインターのように一流の猟犬種で、かなりの運動量が必要な血統もいる。見かけの好みよりも、飼い主がペットとどのような生活を望んでいるのか、そのビジョンを明確にもっていることが、ペットと暮らす上で最も大切だという。「個々の特性を理解し、自分の生活スタイルに合う種類はどれなのか、と考えることが、ペットと飼い主の悲劇を避ける方法のひとつではないでしょうか」とオーナーは言葉を続けた。

私も猫を飼っている。一歳とまだ数か月の二匹だが、飼うときには、オーナーに言われた個々の特性を、自分なりに真剣に考慮した。おかげで今のところ快適に暮らしている。おそらく猫も。

しかし、先のことはわからない。いまは猫と一緒に暮らせる環境が整っているが、もしかしたら、自分の健康上の理由や住宅環境の変化などで、猫と暮らせなくなる日がくるかもしれない。そのときどうするのか。考えると、「犬と猫と人間と」は決して人ごとではない。

企画者の稲葉さんは、二〇〇七年二月、映画の完成を待たずして亡くなった。

人間であろうが、動物であろうが、命の問題を語るのは難しい。これが正しいとか、こうするべきだとか、明確な答えはなかなか出ない。しかし「犬と猫と人間と」を観《み》たあと、なにかしら見えてくるものがあるのではないか。

ひとりの女性が、人生の最期に、願いをこめて企画したこの映画を、ペットを飼うひとりの人間として、観のがしてはいけない。そう思っている。

思いどおりにならないもの

世の中には思いどおりにならないものがたくさんある。最たるものは、自分自身の心だ。苦手な人を好ましく思おうとしても、なかなか好きになれないし、その逆も簡単にはいかない。ダイエットひとつ例にとっても、誘惑に勝てず甘いものに手が伸びてしまうことは、しょっちゅうだ。しかし最近、自分の心とおなじくらい自由にならないものがあることに気づいた。

この夏、ひどい風邪をひいた。喉《のど》の痛みと体のだるさが半月も続き、さらにはずっと床についていたため腰を痛めた。

医師の診断によると、ストレスと加齢による腰痛だとのこと。運動して体力をつけることを勧められた。

思えば、運動らしい運動は中学のときの部活以来していない。が、このままでは仕事にも支障をきたす。知人からベリーダンスが身体にいいという話を聞いたのは、そんなときだ。

ベリーダンスと聞いて真っ先に頭に浮かんだのが、子供の頃に観た007シリーズの「ロシアより愛をこめて」(一九六三年 監督テレンス・ヤング)だ。オープニングにでてくるベリーダンサーの肌にクレジットが被るのだが、これが実に艶《なま》めかしく、印象深かった。

ダンサーを自分に当てはめて失笑した。肌を露出して男性を悩殺する踊りなど、自分には似合わない。だが知人に言わせると、ベリーダンスは男性をとりこにするための踊りというイメージがあるが、そうではないそうだ。発祥は定かではないが、もともとは五穀豊穣《ごこくほうじょう》を願い、婚礼や出産を祝うなど、神聖なものだという。

しかも、ベリーの踊りは女性にとってはいいこと尽くめで、特徴である曲線を描く動きは内臓脂肪を減らし、身体のラインを整えるのにも効果がある。さらに女性ホルモンの分泌にもいいという。たしかに腰をぐるぐる回すあの動きは体力がつくだけでなく、角度がかなり甘くなったウエストにも効きそうである。

早速、ベリーの体験教室に出かけてみた。教室では十数人の受講生がストレッチをしていた。二十代から上は還暦を迎えたくらいの方まで、年齢層は幅広い。服装はさまざまで、チョリと呼ばれる短めのブラウスを着ておなかを出している人もいれば、タンクトップにストレッチパンツというスタイルの人もいる。どうやら、自信がない身体を無理に露出する必要はなさそうだ。

レッスンがはじまり、先生の動きに合わせて、自分も身体を動かす。踊りは、円を描くような動きのほかに、肩、胸、腰が独立した動きをするのも特徴だ。先生の身体は、それぞれのパーツが自分の意思を持っているかのように、そこだけが動く。首や腹が動かないのに胸だけが大きくうねり、腰から下が波打つように動いても、腰から上は石のように微動だにしない。特に骨盤の横にある腸骨の動きがすごい。腰の前に、ぽこん、と出ている骨だが、ここに集中して腰を動かすと、腰全体が四方に揺れて優雅に動く。そこに手の動きをつけるとさらに妖艶《ようえん》になる。

見事な動きにすっかり魅了されて真似をする。しかし、これが思うようにいかない。胸を動かそうとすると肩が動き、腰を回そうとすると膝がくねる。滑らかな曲線どころか、動きがぶつ切りでぎこちない。終わったときには全身汗びっしょり。これはたしかに体力がつくし、身体も絞られる。

思っていた以上に自分の身体を動かせなくて驚きました、と先生に伝えると、先生は「身体を自由に動かすには筋肉が必要です。根気よく続けることで筋力がつき、身体が思いどおりに動くようになります」と微笑《ほほえ》んだ。

なるほど。自分の心を律するには、かなりの精神力が必要だし、自分の身体を自由に動かすには、かなりの筋力が必要なのだ。強靭《きょうじん》な精神力と日々の努力なしに、心身のコントロールなどできないのである、と悟ったのだが、それを実行するのはなかなか難しい。相変わらず甘いものには手が伸びるし、ベリーを続けて三か月になるが、いまだに身体は思うように動かない。自分の心も身体も思いどおり動かすには、まだまだ修行が足りないようである。

自分という小説

この日曜随想を書きはじめたころ、デビュー作の『臨床真理』(二〇〇九年一月)が刊行された。発売日には、自分の本が店頭に並んでいるか確かめるのが怖くて、書店に足を運べなかった。

ようやく書店を覗《のぞ》いたのは、発売から一週間後のことだった。自分が著者だと誰も知るはずもないのに、気恥ずかしくてこそこそと店内をうろついていたものだ。私を見た店員さんは、さぞかし挙動不審な客がいると思ったことだろう。

自分の本が店頭に並んでいるのを見たときは、正直ほっとした。ついに本が出たんだなあ、と感慨深いものがあった。しかし、その安堵《あんど》もつかの間で、そのあと私はひどく落ち込むことになった。

本が無事に出版され、ほっとした私は読者の感想が気になりはじめた。作品への意見は受賞したときに、選考委員の方々からすでにいただいている。それはそれとして、一般の読者がどのように自分の作品を読んだのか、無性に知りたくなったのだ。

そう思った私がとった行動は、インターネットを開くことだった。インターネットには、個人ブログや、不特定多数の人間が投稿する掲示板などがある。作品名で検索をかけて、ひっかかったサイトを開いた。

ネットにはさまざまな感想が書かれていた。面白かったというものもあれば、最後まで読めないような辛辣《しんらつ》なものもあった。そのなかで心に強く残った感想はやはり、後者のものだった。

「どんな感想でも、読んでもらった感謝をこめて、真摯《しんし》に受けとめよう」

頭では分かっていても、気持ちがついていかない。酷評ばかりが脳裏に残り、日々、鬱々《うつうつ》とした時を過ごしていた。

そんなある日、落ち込んでいる私に、友人が電話をくれた。友人は受話器の向こうで「小説は正解がない世界だから、さまざまな意見があって当然。それよりも、いかに自分が一生懸命書くかが大切。自分が、真剣に書いたんだって満足できれば、誰になにを言われてもいいじゃない」と言った。

友人の口調がいつになく真剣で、なにかあったの、と尋ねると、どうやら子供の進路で悩んでいるようだった。彼女の子供は今年、受験生なのだが、親と進路の意見が合わず困っている、というのだ。「子供が自分の所有物じゃないことはわかっている。だから、子供の意見を尊重してあげたい。でもね、先のことを考えると、なるべく苦労しない道を歩ませてあげたくなるのよ」と彼女は苦笑した。

続けて彼女は、小説と人生は似ている、とも言った。

正解がない世界。そういう意味では、小説も人生も同じだ。これが正しい、という答えはない。

人生を小説にたとえるならば、短編の人生もあれば、長編の人生もある。起承転結がきちんと出来ていて、スムーズに流れるストーリーもあれば、起伏が激しく、波瀾万丈《はらんばんじょう》のストーリーもある。器用な文章もあれば、武骨な文章もあるだろう。

自分の人生の作者は自分だ。他人は人が書いた「人生という小説」に対して、いろいろ言うだろう。面白い、面白くない。上手い、下手。すばらしい、くだらない。十人いれば十人の感想がある。まさに人の好みは十人十色だ。

でもどんなにつまらない、くだらないと思う人生でも、人が必死に、真剣に生きた人生は、誰もけなしたりはしない。いや、けなす権利はないと思う。

本気で悩んで、迷って、ときに泣き喚《わめ》き、大きな声で笑い、殴りたくなるほど人を恨み、それでいて、夜ねむれないほど人を愛する。なにがあっても、決して粗末に書きなぐらず、一文字一文字、迷いながら悩みながら、丁寧に書き綴っていけば、きっといい作品が仕上がり、充実した「自分という小説」が書きあがると思う。

「だから、一生懸命、書いてね」

そう言って、彼女は電話を切った。

人生と小説、どちらもなにがあっても真剣に書いていこう、そう心から思った。

字から見えるもの

「後ろに気をつけてね。この部屋にあるものは、あなたが一生かかっても弁償できないものだから」

言ったご本人は笑顔だったが、私の背中には、冷や汗がどっと溢《あふ》れていた。タウン誌の取材で、美術品を所蔵している方を訪ねたときのことだ。

その方のご自宅には、美術品に興味がない人でも、一度は耳にしたことがある作家の書画や陶磁器、置物などが数多くある。私が日常使っている額とは桁《けた》違いの美術品が、ごく当たり前に飾られている。

その日の取材の品は軸物だった。狐《きつね》の嫁入り行列が描かれたものだ。「有名になればなるほど、贋作《がんさく》が現れる。贋作が出てきてこそ一流」とも言われているが、所有するほうは本物か贋作か、極めて気になるところだ。贋作を見分ける方法を尋ねると、軸の持ち主は「見分ける方法のひとつに、落款《らっかん》がある」と答えた。

落款とは、書画が完成したときに、作者が署名や押印をすることだが、名前を入れた墨のたまり具合や濃淡で、書いた人物が酒を飲みながら書いたのか、正座していたのか、寝転んでいたのか、おのずとわかるという。字から見えてくるものを、作者の人物像と照らし合わせて、見定めるというのだ。

先日、本の新刊発行を記念して、地元の書店でサイン会を行った。普段、ペンを持つのは友人に季節のあいさつのハガキを出すときくらいで、原稿もすべてパソコンでの作業だ。お世辞にも字がうまいとはいえない。

字からその人の感情や書いたときの状況がわかるなら、本を買ってくださった方は私の不慣れなサインを見てどう思っただろう。そのときの私の、ペンを持つ手が震えそうになるほどの緊張や、並んでくださったすべての方と握手したい、と思った感謝の気持ちを、感じ取っていただけていれば、ありがたいのだが。

自分のなかのレンズ

仕事で写真を撮る。

カメラはデジタルの一眼レフで、レンズは一般的な標準と、遠くのものが撮れる望遠、近距離の被写体の接写に欠かせないマクロを使っている。

それまで使っていたカメラはコンパクトなもので、簡単なズーム機能がついているだけのものだった。レンズをつけて初めてファインダーを覗いたとき、そこにある世界に感動した。

レンズを変えると、いつもの夕暮れが橙《だいだい》色と陰影の幻想的な世界に、空から落ちてくる雨が、ひとしずくの輝く水滴になる。見えていたのに知らなかった新鮮な世界に、心を強く魅《ひ》かれた。

以前、山形市内の幼稚園を仕事で訪れたことがある。いろいろな職業の方を取材する仕事で、その日は保育士だった。連日の同じような取材に、自分でも気づかないうちに慣れが出てきてしまっていた。

その日も手早く切り上げて、次の取材先へ向かおうと思っていた。訊くことは決まっていた。この職業を選んだ理由ややりがいなど、前日と同じ質問をすればいい。

取材する保育士の方が来るまで、ホールで待っていた。ホールでは何人かの園児が遊んでいた。ひとりの女の子が、部屋の隅でうずくまっていた。じっとして動かない。彼女の視線を追うと、その先には虫がいた。探さなければ見つけられないくらい小さな虫だ。虫は床を這《は》い、ゆっくりと壁に向かって歩いていく。女の子は虫の行方をじっと見つめていた。

窓際では、男の子が外を眺めていた。遠くを指さし、隣の男の子に一生懸命なにか説明している。彼の指の先には雲が浮かんでいた。その雲がマンガのキャラクターに見える、と言っていた。

子供たちは自分のなかにレンズを持っている、と思った。そのレンズは標準から望遠に、望遠からマクロにくるくる変わり、見慣れた日常の風景を新鮮に切り取る。

自分はいまどのレンズをつけているのだろう、と思った。取材の仕事を始めるとき「取材する人物を、さまざまな視点から見ろ」とスタッフに教わったことを思い出す。

取材をお願いしていた保育士の方が来た。頭を下げながら考えた。今日は、自分のなかのどのレンズを使おうか。

忘れたくない別れ

用事で仙台へ行く。たいがい本数が多く出ている利便性の高いバスを使うが、先日は時間の都合で電車を利用した。

ホームで電車を待っていると、泣き声が聞こえた。幼稚園くらいの女の子が、ホームでわんわん泣いている。そばで母親と祖父母らしき人が、しきりに宥《なだ》めていた。

耳に入ってくる会話から、女の子は春休みを利用して母親の実家に遊びに来たが、帰りたくなくて駄々をこねているのがわかる。女の子を見ていて、自分が小学校五年生のときのことを思い出した。

父の仕事の都合で、私は小学校を三回かわっている。引っ越しの当日には、いつも父の車を利用していたが、五年生のときの引っ越しは違っていた。引っ越しの日と、どうしても出たかった学校行事が重なってしまい、行事に出たあと一足先に出発した両親のあとを、私が電車で追うことになったのだ。

引っ越し当日、行事が終わると先生が車で駅まで送ってくれた。階段を登りホームに出ると、冷たい秋風が顔にあたった。見送りに来てくれた友達と、寒い、と言いながらお互いの頰を両手で揉みあう。じゃれあっていると先生が、そろそろ時間だから電車に乗るように、と促した。

座席につくと友人が窓の外で、両手で自分の身体を抱きしめながら、わざとらしく寒がっているのが見えた。私は上着を脱いで、車内は暖かい、とおおげさにアピールした。

発車のベルが鳴った。

笑っていた友達の顔が真顔になる。なにか言っている。声は聞こえないが、唇の動きから別れを惜しんでくれているのが分かる。友人の姿が滲《にじ》んでくる。まだ、別れたくない。そう思っても、電車は定刻通りホームを滑り出した。

別れは辛い。自分の意思とは関係なく、無理やり引き裂かれる別れはより辛い。辛ければ辛いほど心に残る。仙山《せんざん》線のホームで泣いていた女の子も、父親の車で帰る別れより、ホームでの別れを、大人になったときしみじみ思い出すだろう。

別れは辛いものだけれど、なかには時が経てば微笑ましく思い出すものもある。忘れたくない別れを望むとき、駅を選ぶのもいい。

最後に残るもの

洋服や化粧品を買いに行くと、店のスタッフから名前を呼ばれることがある。常連客なら当たり前だが、一度や二度しか行ったことがない店で呼ばれると、店の教育の徹底ぶりと、スタッフの記憶力の良さに感心してしまう。

私は名前を覚えるのが苦手だ。名前を聞いても次に会ったとき、忘れていることが多い。もし接客業についたら客の名前を覚えられず、先輩スタッフから説教されるのは目に見えている。

相手の方には大変失礼な話だが、この忘れっぽさは自分でもどうしようもない。いくら直そうと努力しても、記憶力の悪さは生まれつきのもののようで、いまだに直らない。念仏でも唱えるように、何度も名前をつぶやき、幾度かお会いしてやっと覚える。

しかし、忘れているといっても、覚えていないわけではない。そのとき、相手が何を着ていたのか、どんな話し方でどのような雰囲気の方だったのかは覚えている。

それは人の名前に限ったことではなく、地名でも同じだった。

旅先で訪れた町名や店の名前は忘れても、目にした光景や匂いなどは記憶に残っている。真夏の強い光に輝いていた黒い瓦屋根や、潮を含んだ海風の匂い、空に浮かんでいた重量感のある雲、ふらりと立ち寄った喫茶店の壁に掛けてあった薔薇《ばら》の絵の赤などは鮮明に覚えている。

友人にその話をすると、彼女は「あなたは記憶力が悪いんじゃないわ。ものごとを記号で覚えるんじゃなくて、五感で覚える人なのよ」と笑い、「人の記憶に最後に残るのは、日付や時間のデータ情報じゃない。その人が見た景色や耳にしたメロディーとか、その人の心の琴線に触れたものだと思う」と言った。

私が書いた原稿を読んで、私の名前を覚えていただければこのうえなく嬉しいけれど、もし、名前が記憶に残らなくても、私が書いたエッセイをいつかどこかで「こんなエッセイがあったなあ」と思い出していただければ、それもまた、このうえない喜びである。

思い出に残る、手造りの一品

もうすぐ桜の季節だ。「さまざまのこと思ひ出す桜かな」と芭蕉《ばしょう》が詠《うた》ったように、桜を見ると思い出すことが、誰にでもあると思う。

私は桜を見ると母を思い出す。母は五十五歳で亡くなった。市の検診で、心臓と肺のあいだを通る胸腺に腫瘍が見つかった。桜が満開の頃、母は手術をした。主治医は、母は来年の桜を見られないだろう、と言った。

私には兄がいる。兄と母には深い確執があった。長いあいだ、毎日が暴言と暴力のぶつかり合いだった。いっそ他人ならば、お互いあそこまで傷つけあわなくて済んだと思う。ふたりを見ていて、それでも離れられない肉親という血の繋《つな》がりを憎んだこともあった。

兄はある日、野菜をどっさり買い込んできた。たまねぎ、人参、キャベツ、ごぼう。きれいに洗い、大鍋で皮ごとゆでる。一時間ほどのあいだ、つきっきりで灰汁《あく》を取る。丹念に灰汁を取り除いたスープは、移し替えられたガラスポットの中で、向こう側が見えるほど透き通っていた。スープに鼻を近づけると、葉と土が混じったような匂いがした。飲みたいと思うような代物ではない。味も調味料を一切使っていないので、うまみがなく素っ気ない。これはなに、と訊ねると兄は、身体に良いらしいから、とだけ答えた。

兄は野菜スープを、病院にいる母に届けた。車で片道三十分の距離を、毎日通う。母は最初、得たいの知れないスープを怪訝《けげん》そうに見ていたが、ひと口ずつ飲みはじめ、半年後には一日一リットルほど飲むようになった。私も幾度か作ってみた。しかし、灰汁の取り方が足りないのか、兄が作るスープのような透明感はなかった。

母の病状は一進一退を繰り返し、確実に悪くなっていく。もう助からない母にスープを作り続ける兄がみじめに見えて「そんな医学的な根拠のないスープなんか作っても意味がない」と言ったことがある。兄はなにも言わず、スープを作り続けた。

やがて母は、食事が喉を通らなくなり、ベッドから起き上がれなくなった。モルヒネで朦朧《もうろう》としながら母はつぶやいた。「あのスープが効かないわけないわよね。あんなに一生懸命作ってくれるんだもの」

二か月後、母は他界した。翌年の桜を見られない、と言われた母は桜を五回見た。兄のスープがなければ、それほど多く見られなかっただろう、といまは思う。

私にとっての特別料理は、兄が母に作っていた野菜スープである。

でも、私は私

思い込みとは恐ろしいものだ。

自分は当たり前だと思っていた認識が世間では違っていた、という体験は誰しもあると思う。私の場合、トマトである。最近まで、トマトは砂糖をかけて食べるものだ、とばかり思っていた。塩をかける人もいるけれどごく僅かだろう、と思っていたのだ。今回この原稿を書くにあたり、同じ経験をした。

私のアイドルは、ブルース・リーである。中学の頃、TVで放送していた「ドラゴンへの道」を観たのが最初の出逢いだ。舞台はローマ。地元のギャングに嫌がらせを受けている中華レストランに、ひとりの青年がやってくる。ブルース・リー扮するタン・ロンだ。田舎者で冴えないタン・ロンを、店の者は馬鹿にする。しかしある夜、ギャングが送り込んだチンピラを、彼は見事な中国拳法で叩きのめす。物語はその後、手に汗握るコロッセオでのあの名場面へと、突き進んでいく。

普段はだらしなく、何をやっても冴えない男が、ここぞというところで途《と》轍《てつ》もない能力を発揮する——ヒーローものの王道ともいえるこのギャップが、中学生の私には実に魅力的だった。しかも最後にヒーローは、ひとり孤独に去っていく。失恋にも似た切なさが、思春期の少女のハートをぐっと摑んだ。

映画を観たあと、しばらくは寝ても覚めてもブルース・リーだった。映画雑誌の「ロードショー」や「スクリーン」を買いあさり、雑誌の後ろに載っている通販ページで、彼に関する本を手当たり次第に購入した。社員旅行で香港に行くという父に、ヌンチャクかカンフー着を買ってきてほしい、とお願いもした。物騒なものを頼む年頃の娘を、父親は複雑な面持ちで見ていた。ちなみにこのときの土産は、そのどちらでもなく、チャイナ服っぽい花柄のパジャマだった。

原稿を書いているうちに当時が懐かしくなり、幼馴染みに電話をした。ひとしきり彼の魅力を語ると彼女は、あろうことか「変わっている」とのたまった。

「私たち世代のアイドルといえばチェッカーズか光GENJIでしょ。たしかにブルース・リーのファンはいるけど、大半は男の子だよ。奇声を発しながら相手を殺すおかっぱ頭のどこがいいのかわからない」とまで言い出す始末。

愕然《がくぜん》とした。私はそのときまで、女性の八割はブルース・リーのファンで、残りの二割がチェッカーズや光GENJIのファンだと思っていた。そう言うと彼女は「それは逆、あなたが二割、いや一割以下だから!」と言い切った。

あわてて女友達に電話しまくった。なるほど、認めたくはないけれど、どうやら私は、色んな場面で少数派らしい。

でも、私は私。これからもトマトに砂糖をかけて食べるし、アイドルといえばやっぱりブルース・リーなのである!

記憶は死なない

本に親しむ環境で育った。

両親はふたりとも本が好きな人だった。母は幼い私をよく地元の図書館に連れて行ってくれた。父は毎月一冊、近所の小さな本屋で、好きな本を買ってくれた。本を読む、ということは、幼い私にとって、お人形遊びやままごとと同じように、ごく当たり前の営為だった。

母は、活字であれば何でも読む雑多な本読みだったが、父は歴史小説、時代小説を好んで読んでいた。父の部屋にある書棚には、山本周五郎《やまもとしゅうごろう》、司《し》馬遼太郎《ばりょうたろう》、池波正太郎《いけなみしょうたろう》、吉川英治《よしかわえいじ》、柴田《しばた》錬三郎《れんざぶろう》、藤沢周平《ふじさわしゅうへい》、吉村昭《よしむらあきら》など、子供の私には難解な小説がずらりと並んでいた。

小学生のあるとき、父の書棚から本を引っ張り出し、ページを捲《めく》って読める活字だけ音読してみせると、父は頬を緩ませて言った。

「大人になったらちゃんと読んでみなさい。すごく面白いから」

しかし、何事にもせっかちで生意気な少女は、大人になるまで待てなかった。父の部屋からこっそり本を持ち出し、読めない活字はとばして、ひとりの作家につき一冊、流し読みをした。

むろん、内容はわからない。何を読んだかも、まったく覚えていない。私にとっては、最後まで読みきることだけが、重要だった。とりあえずその作家を読んだ、という達成感に、浸りたかったのだと思う。読み終わると「制覇した」感が堪《たま》らなく、心地よかった。十代前半まで、自分の中では山周も司馬遼も、池正も柴錬も、「制覇した」ことになっていた。恐ろしいことである。

そんな私が、『樅《もみ》ノ木は残った』を手にしたのは、高校一年の夏休みだ。

図書館に行くのも億劫《おっくう》なほど暑い一日だった。暇を持て余した私は、何か面白い本はないかと、父の書棚を眺めていた。

なぜ『樅ノ木は残った』を選んだのか、よくわからない。おそらく、できるだけ長い小説が読みたかったのだろう。そこで司馬遼太郎の『竜馬がゆく』に手が伸びなかったのは、あまりの大部に臆したためだと思われる。小心者の、小心者たる所以《ゆえん》であろう。

私は（そこそこ）高い山に挑戦するような気持ちで、最初のページを捲った。

物語は、伊達《だて》三代藩主の伊達陸奥守綱宗《むつのかみつなむね》が、幕府より逼塞《ひっそく》を命じられるところからはじまる。主人公である伊達藩の重臣、原田甲斐《はらだかい》は、伊達藩分割を狙う伊達兵部少輔宗勝《ひょうぶしょうゆうむねかつ》の与党になったとみせかけ、兵部と伊達藩の取り潰しを図る幕府の陰謀を阻止しようとする。

読みはじめた私は、すぐに物語に夢中になった。登場人物それぞれに思惑があり、義理と我欲の狭間《はざま》でせめぎあう姿が克明に描かれるなか、原田甲斐は誰にも本心を見せない。私利私欲にとらわれず、ひたすら伊達藩取り潰しを阻止するために奔走する。

己の策略を口に出さず、飄々《ひょうひょう》としている甲斐をある者は誤解し、絶望し離れてゆく。気の合う仲間との懇談を目的として、甲斐の居館において開かれていた朝飼の会も、参加する者はまれになり、甲斐は次第に孤立していく。物語が佳境に入ると、いよいよ伊達藩存亡の危機が出来《しゅったい》する。だが、甲斐は掌中に切り札を用意していた。この切り札を手に、クライマックスとなる老中評定に臨むのだが、甲斐が選んだ道は、涙なくしてはとても読めない。

人は時に、自分の胸の内や秘めごとを、誰かにすべて打ち明けてしまいたい衝動にかられる。弱音を吐き、自分を慰め、相憐《あいあわ》れむ同志を求める。だが、原田甲斐は違う。泣き言はいわず、誰にも自分の胸の内を明かすことなく、命を賭して伊達藩を守ることに心血を注ぐ。この、人としての強靭さに、心が震えるのだ。

いまでも印象に残っているシーンがある。

上意討ちされた畑与右衛門の娘、宇乃《うの》に甲斐は、庭にある樅の木を眺めながら次のような趣旨のことを言う。

「私はあの木が好きだ。あの木は静かな、なにものを云《い》わない木だ。あの樅の木を大事にしてやっておくれ」

この文言のなかに、原田甲斐という人物のすべてが集約されているように思う。

原田甲斐は悪名も厭《いと》わず、真の忠孝を果たした。心中をわかってほしい、という気持ちはあったはずだ。だが、胸の内を明かせば、策謀は策謀たりえず本懐が果たせない。わかってくれる人間だけ、わかってくれればいい。甲斐は、そういう人間である。

現在、私は佐方貞人《さかたさだと》という人物を主人公にしたシリーズものを書かせてもらっている。主人公の佐方は、両親を早くに亡くし、苦学して検察官に任官するが、ある事件をきっかけに検事をやめて弁護士になった、いわゆるヤメ検だ。

シリーズ第一作『最後の証人』では弁護士として登場するが、第二作『検事の本懐』は若き検事時代の佐方を主人公に据えた。

この連作集で腐心したのは、佐方の父親の話だ。「本懐を知る」という短篇である。

父の陽世《ようせい》は弁護士だったが、恩人の金を横領した罪で捕まり、懲役二年の実刑判決を受ける。事件について一言も語らず黙秘を貫いて獄中で病死するのだが、陽世の人間性と彼の真情を、息子の視点ではなく他人の視点で、いかに描くか。技量の足りない私には、そこが難しかった。

自分なりに苦労して書いているあいだ頭にあったのは、原田甲斐のイメージだった。

今回、この原稿を書くに当たり、久しぶりに『樅ノ木は残った』を読み返した。

やはり、いつ読んでも感動する素晴らしい作品だった。以前と違うのは、感情移入する人物が変わったことだろうか。高校生のときは宇乃の気持ちが痛いほどわかり、大人になったいまでは湯島の別宅に住み、甲斐を慕っているおくみの気持ちに同化する部分が多い。

両親は二〇一一年に起きた東日本大震災による大津波で命を落とした。実家も全流失し、基礎しか残らなかった。山際に押しつぶされた家の二階から、わずかな家財道具を持ち出せたが、父の寝室は完全につぶれており、父の書棚にあったたくさんの本も、数冊しか持ち出せなかった。私が読んだ様々な本も、むかし読んだ全集版の『樅ノ木は残った』も、波に呑《の》まれてしまった。

しかし、父の思い出も、父が愛読していた本の手触りも、自分の中には残っている。

思い出も本の記憶も、決して死ぬことはないのだ、と思う。これからも心の中でふとした拍子に蘇り、胸を熱くしてくれることだろう。

いま『樅ノ木は残った』を初めて読んだあの夏の日が、鮮明に蘇る。

いつか小説を書いてみたい――生意気盛りの女子高生は、感動に打ち震えながらそう思った。

まさしく、私を変えた一冊である。

黒板五郎の「遺言」

春、北海道に行ってきた。

目的は北海道大学の取材だったが、せっかく北の大地に来たのだから観光もしたい、と札幌《さっぽろ》から富良野《ふらの》に足を伸ばした。

富良野を選んだ理由は、子供の頃に見ていたテレビドラマ「北の国から」のロケ地を見たかったからだ。

妻の不倫をきっかけに、東京から郷里の富良野に戻ってきた田中邦衛《たなかくにえ》演ずる黒板五郎《くろいたごろう》と、ふたりの子供、純《じゅん》と蛍《ほたる》が不器用ながら紡《つむ》いでいく人間ドラマは、小学生の子供をも感動させた。

「わ」ナンバーのレンタカーを運転し、道の両側に原生する白樺《しらかば》やダケカンバを見ながら、目的地である麓郷《ろくごう》の「五郎の石の家」に到着。

林の奥には炭焼き小屋や風車、羊小屋など、ドラマで見た世界がそのままあった。感動のまま案内所へ向かう。そこで、五郎が純と蛍に当てた遺言書のレプリカが売られていた。

遺言は「純、蛍、俺にはお前らに遺《のこ》してやるものが何もない」という一行からはじまる。自分が死んだ後の麓郷を想像し、ふたりが麓郷に家を建てて、そこで孫たちが遊んでくれたら嬉しいという望みが書かれ、最後の名文へと続く。

「金なんか望むな。倖《しあわ》せだけを見ろ。（略）謙虚に、つつましく生きろ。

それが父さんの、お前らへの遺言だ」

遺言を読んだあと、しばらく涙が止まらなかった。汚れたものが一掃されたような、清々《すがすが》しい気持ちになった。

――私もこれから、お金のことなど考えず、謙虚につつましく生きよう。

そう心に誓い、札幌に向かって車を走らせていると、途中、道路わきから「止まれ」と書かれた赤い旗を振られた。

スピード違反だった。本州とは違う道路の広さに速度感覚が鈍り、知らない間にスピードを出し過ぎていたのだ。

パトカーの中で警官は切符を切りながら、淡々とした口調で言った。

「三十三キロオーバー、減点六、罰金はだいたい七万〜八万くらいですね」

思わず心で毒づいた。

(なにも観光客の「わ」ナンバーを、捕まえなくたっていいじゃない！

八万は痛いよお、痛すぎる！)

切符に拇印《ぼいん》を押しながら、お金のことを考えず謙虚に生きる難しさを、改めて痛感した次第である。

山形　蔵王温泉　深山荘高見屋

白洲《しらす》次郎《じろう》や齋藤《さいとう》茂吉《もきち》らが愛した蔵王《ざおう》温泉。開湯は日本武尊《やまとたけるのみこと》の時代にまで遡る。深山荘高見屋《みやまそうたかみや》の創業は享保元年（一七一六年）だ。由緒ある温泉郷の中でも、とりわけ古い歴史を持つ旅館のひとつである。

雪が降り積もる石段を上りきると、屋号が入った橙色の提灯が見える。高台にある宿の部屋からは、遠く蔵王山系が見渡せる。音もなく空から落ちてくる雪と立ち上る湯けむりで、細い路地が入り組んだ温泉町は白く染まっている。米沢牛に舌つづみを打ち、乳白色の湯に浸る。硫黄の香りに包まれながら、石造りの露天風呂から雪景色を眺める。

「また来たいね」湯気の向こうで母が笑った。「こんどはお父さんにお願いしてね」私は笑みを返す。大切な記憶のひとこまだ。
父も母も、もういない。蔵王の湯は、今もこんこんと湧き出でている。

『検事の本懐』第十五回大藪春彦賞発表
受賞のことば

このたびは大藪春彦賞という名誉ある賞を賜《たまわ》り、驚くとともに大変感激しております。

候補に挙げてくださった徳間書店の方々、執筆にあたりお力を貸してくださった宝島社の方々、そして、作品を評価してくださった選考委員の皆様に、心から御礼申し上げます。

『検事の本懐』は私にとって、非常に思い入れの強い小説です。二〇一一年三月、震災で宮古市に住む父母を失い、精神的にも肉体的にも辛い時期に書いた作品でした。

現実を受け止めることができず、パソコンに向かえない日が続く中で、折れそうになる心を奮《ふる》い立たせてくれたのは、「このミステリーがすごい!」大賞をいただきデビューが決まったときの、父の一言でした。

「どんなに辛くても、頑張って書き続けなさい。それがご恩返しだ」

このたびの受賞に際しても、きっと父なら同じ言葉を言ったと思います。

これからも、父の言葉を胸に刻み、精進していこうと思います。頑張って書き続けますので、今後ともご指導ご鞭撻《べんたつ》のほど、どうかよろしくお願いいたします。

母のぬくもりと……

私の一番古い本の記憶は、福音館書店から出ている「こどものとも」だ。通っていた幼稚園から、母が毎月一冊買ってくれていた。

絵本はいつも、幼い私の心を躍らせた。雀《すずめ》が旅に出る話や、狐と狸《たぬき》の化かし合い、ときには迷路がたくさん書かれている絵本もあった。

私は、今月はどんな絵本だろう、と絵本が届く日を楽しみにしていた。

母は幼い私に、毎日寝る前に絵本を読んでくれた。それは、幼稚園で買ってくれた「こどものとも」だったり、当時住んでいた地域にある公民館から借りた本だったりした。

ひとつの布団に母と入り、母が聞かせてくれる絵本の世界に夢中になる。

特に、新しい絵本が届いた日の夜は、布団に入るのが待ち遠しかった。今月の絵本はどんな話だろう、といつもより早く寝床に入った。

大好きだった母は、もういない。だが、一緒の布団に入ったときの母のぬくもりと、絵本を読んでくれた穏やかな声は、いまでも私の中にある。

思い出の道

私は釜石市の生まれだ。新日鉄の高炉が盛んに煙を吐き出し、町が活気に溢れていた時代だった。

父は下閉伊郡山田町《しもへいぐんやまだまち》、母は釜石市の出身である。会社員で転勤族だった父は、当時、釜石市甲子町《かっしちょう》にある借家に住んでいた。

二歳まで釜石市で過ごし、その後、紫波町《しわちょう》、盛岡市と移り住んだ。再び釜石に戻ったのは、十二歳のときだ。

甲子町にあった家の記憶はほとんどない。家の梁《はり》に着物の帯を結びつけ、ブランコにして遊んでいたことをおぼろげに覚えているくらいだ。

紫波町で暮らしはじめた頃から、記憶ははっきりとしてくる。徒歩で通っていた幼稚園までの道すがら、退屈しのぎに電柱を数えたことや、黄金《こがね》に輝く稲穂に触れてみたくて田んぼに入り、稲刈りをしていた農家の方に怒られたことが、鮮やかに甦《よみがえ》ってくる。はじめてのおつかいは、家から一本道の先にある商店だった。大人の足なら二分もかからない距離がとても長く感じられ、母が恋しくなり、頼まれた小麦粉を胸に走って帰ったことを覚えている。

盛岡市の記憶は、さらに鮮明だ。当時、住んでいた家は中津川のすぐ傍にあった。夏は川でカジカ採りをした。小ぶりの岩の川下にざるを添え岩をひっくり返すと、下に潜んでいたカジカが入る。ハヤなどのめずらしい魚が入ると、子供たちは歓声をあげた。

冬は土手でミニスキーをした。春になると雪解けが嬉しくて、行先も決めずに遠くまで歩いた。家から少し離れた場所にあった小山の頂上からは、平野を緩やかに蛇行しながら流れる川が見渡せた。少し冷たい風に吹かれながら、春浅い晴れた空を見上げて鳥の声を聴き、草の上に座って飽かず川を見下ろしていた。

数年前、およそ三十年ぶりに、盛岡の自宅があった町を訪れた。それまでにも盛岡を訪れたことはあったが、実家がある宮古市に行く途中に立ち寄るだけで、ほとんど素通りだった。

そのときは、盛岡駅から車で山岸《やまぎし》方面に向かった。

中央通りを走りながら不安になった。駅周辺は自分が住んでいた頃と比べ、すっかり様変わりしていた。道路は拡張され、大きな商業ビルが立ち並んでいる。自分が知っている街ではなかった。考えれば当然のことだ。長い歳月、変わらないほうがおかしい。

記憶にある街並みが現れたのは、旧中村家住宅や旧南部《なんぶ》家別邸がある盛岡市中央公民館を過ぎたあたりからだった。昔あった店や病院などはすでになかったり別な建物に変わったりしていたが、当時の景色はまだ残っていた。

山岸小学校を過ぎ中津川をさかのぼった先に、かつて自分が暮らしていた家があった。正しくは、家があった場所にたどり着いた。家は建て替えられていたが、庭の裏に中津川があり、道路を挟んだ向こう側には川を見下ろした小山もある。

三十年という時間は、過ぎればあっという間だが、振り返れば長い。古い記憶を呼び起こし、かつての家をさほど迷わず探し出せたのは、道が変わっていなかったからだと思う。周りの建物が変わっても、道が昔のままならば、記憶を辿ることはさほど難しくはない。逆に道が変わってしまうと、いま現在、そこに住んでいても迷ってしまう。ともすれば、ついこのあいだまで見ていた景色さえ忘れてしまう。

そのことに気づいてから、拡張や区画整理のための道路工事を目にすると、少し切なくなる。道を通じて誰かが胸に抱いている思い出が、消されていくように思えるからだ。

人も街も変わらずにいることはできない。人は成長し、街は暮らしやすさを求めて変化していく。故郷の復興を待ち望むと同時に、思い出の道が少しでも多く残ることを、願って止まない。

わたしのレーゾンデートル

私の作品のひとつ『パレートの誤算』は、生活保護制度をベースに、制度の本来のあり方や制度が抱える問題点を取り上げながら、登場人物の成長を描いた作品だ。

文芸誌に、隔月で二年間連載させていただいたものだが、そのあいだに改正生活保護法が施行され、刊行するにあたり手直しをした。

関連記事が掲載されている雑誌や新聞を読んだり、編集者からいただいた意見を参考にして、ああでもないこうでもないと、悩みながら改稿した。

しかしながら、誤解を恐れずに言えば、私が一番書きたかったのは、法律に関わることではない。作品を読んでくださった方はおわかりだと思うが、私が書きたかったのは、人間はそれぞれが無二の個であり、統計で表せるものではなく、社会で必要とされない人間などいない、ということだ。

誰もが一度は、自分は必要とされない人間なのではないか、と思ったことがあると思う。また、あいつなど自分には必要ない、と思う人間に会ったこともあるだろう。

私もそうだ。

私は、自分は存在価値がない人間なのではないか、と悩んだことがあるし、誰からも必要とされない時間を過ごした人間も知っている。悩んでいるあいだは辛かったし、後者の知人を見ていると、あまりに不憫《ふびん》で居た堪れなかった。

自分も知人も、誰からも必要とされず、お互い、生きる価値を見いだせないまま、来るべき時が来るまで、ただ時を刻んでいくのだろうと思っていた。

しかし、歳《とし》を重ねるごとに、それは驕《おご》りだと気づくようになった。

人は、我の存在理由を自分で決めることなどできない。

自分で自分に、自分は存在価値がある、と言い聞かせたこともあった。しかし、それで得られる満足は束《つか》の間の慰めにしかならず、時間が経つと、またどうしようもない孤独と失望に襲われる。そんなとき、自分に自尊の念を与えてくれるのは他者しかいないのだ、と痛感した。

季節が移ろうように、人の気持ちも変わる。いまは自分を必要とする人間がいなくても、必ずいつか、自分を求めてくれる人が現れる。そのとき、人はようやく自分の存在理由を得るのだと思う。

「いなければいい、と思っていた我が子に、いまは面倒を見てもらっている。世の中、わからないものだね」

そう言って、知人の母親は目頭を押さえた。

自分が知らないどこかで、自分を必要としている誰かがいる。あんなやついなくなればいい、と思っていた人間が必要になるときがある。

この世に生まれ落ちたことにこそ、意味があるのと同じように、この世に必要のない者などいない——そう繰り返しながら、作品を書いた。

かつての自分と同じように悩んでいる方が、この作品を読んで、俯《うつむ》き加減の顔を、少しでもあげてくだされば、これに優る喜びはない。

後世に遺すべき傑作のひとつ
柚月裕子が読む黒川博行『疫病神』

二〇一四年初頭、文芸誌で連載をはじめるにあたり、私にはひとつの野心があった。「男の世界」それも「やくざの世界」を書いてみたい、という願望だ。

いまから思えば、大それた願望であった。男性作家ですら描くのが難しいと言われるやくざ者を、ろくに知識もない女性作家が書こうというのだから、身のほど知らずも甚だしい。

無謀な挑戦であるとは、わかっていた。が、どうしても私は、挑んでみたかった。

きっかけは、五年前に出会った一本の映画だ。深作欣二《ふかさくきんじ》監督の「仁義なき戦い」——言わずと知れた名作中の名作、本書の主役のひとり、桑原《くわばら》の台詞《せりふ》ではないが「日本映画の金字塔」（疫病神シリーズ第五作『破門』より）である。

ある編集者の方から小説作りの参考にと笠原和夫《かさはらかずお》さんの「秘伝シナリオ骨法十箇条」（新潮社『映画はやくざなり』収録）を薦められ、一読三嘆した。笠原さんは「仁義——」シリーズ全五作のうち完結篇を除く四作を担当された昭和の名脚本家だ。なるほど、プロットはこうして作るのか、と目から鱗《うろこ》が落ちる思いをした。ちょうど同じ頃、酒席で隣り合わせた評論家の方から、「深作監督の『仁義なき戦い』を観ずしてエンターテインメントを書いてはいけない！」という趣旨の忠告をいただいた。

そこまでおっしゃるなら、これもなにかの縁だと思い、後日レンタルビデオ店で「仁義なき戦い」「仁義なき戦い 広島死闘篇」「仁義なき戦い 代理戦争」の三本を借りて観た。

世の中に、こんなに凄《すご》い映画があったのか、と脳天をかち割られるほどの衝撃を受けた。フランシス・コッポラ監督の「ゴッドファーザー」三部作を観たときも痺《しび》れたが、インパクトはそれ以上に強烈だった。血で血を洗う広島やくざの抗争を軸に、裏切りと策謀が渦巻く男たちの群像劇を、圧倒的リアル感でスクリーンに再現してみせている。殺し殺される若者たちの哀歓、暴力と諧謔《かいぎゃく》の絶妙なコントラスト、登場人物ひとりひとりの行動と心理を支える十全の説得力――まったくもって、眩暈《めまい》がするほどの感銘を受けた。

すぐさま「頂上作戦」と「完結篇」を借り、深い溜《た》め息とともに観終わった。「仁義――」鑑賞前と鑑賞後では、なにかが変わっていることが、自分でもわかった。茫然自失《ぼうぜんじしつ》の状態から立ち直ると、パソコンを起動させた。「仁義なき戦い」シリーズのＤＶＤボックス（正篇五作に「新仁義なき戦い」

などを含めた全八作）を見つけ、ネット通販で直ちに購入した。ハイになっていた私は、深作監督の実録やくざ映画を検索し、「県警対組織暴力」「北陸代理戦争」などを大量に大人買いした。

「仁義――」にも填《はま》ったが、舞台となった広島の方言にも填った。佐方貞人シリーズの検事時代を描いた『検事の本懐』を執筆中に急遽《きゅうきょ》、佐方を広島の出身にし、広島弁をしゃべらせたほどである。ちなみに「北陸代理戦争」の福井弁はその後『蟻《あり》の菜園―アントガーデン―』という作品で、「新仁義なき戦い 組長の首」「新仁義なき戦い 組長最後の日」の博多弁は、家裁調査官補を主人公にした『あしたの君へ』で使っている。

要するに私は、何事にも填りやすく、影響を受けやすい性格なのである。すっかりやくざ映画に填った私は書籍にも手を伸ばし、やくざ関連のノンフィクションを買い漁《あさ》った。暇を見て読み進めるうち、自分もやくざの世界を書いてみたい、という気持ちが抑えきれなくなった。

そんなときお話をいただいたのが、文芸誌での警察小説の連載だった。

悪徳警官ものでもいいですか、と私は恐る恐る訊ねた。大いに結構です、という返事だった。調子に乗って、やくざを絡ませても大丈夫ですか、と確認したところ、わずかな沈黙のあと、了承をいただいた。間が空いたのは、女性作家がやくざを書くことの難しさを、担当者が懸念したからだろう。やくざを書くんだったら、とりあえず黒川さんの「疫病神」シリーズを参考にされた方がいいと思いますよ、と担当者は心配そうな顔で薦めた。

黒川さんの高名も傑作「疫病神」シリーズの存在も、むろん知ってはいた。だが私は、角川書店から資料として送っていただいた「疫病神」シリーズを、あえて読まない選択をした。

怖かったからだ――引き摺《ず》られてしまうのが。

恐ろしかったからだ――書けなくなるのが。

ノンフィクションや映画ならいい。しかし、やくざ者を描かせたら当代

一、二と言われる黒川さんの小説を読んでしまえば、填りやすく影響を受けやすい私のことだから、必ず作品世界に引き摺られてしまう。実力の違いに打ちのめされて、書けなくなる懼《おそ》れすらあった。連載が終わったら、一読者として思う存分愉《たの》しもう、と私は考えた。

この度、黒川さんの『疫病神』が角川書店から文庫化されるとのことで、書評の依頼を受けた。角川サイドは当然、私が読んでいるものと思い込んでいるようだ。いっそ、読んでいません、ごめんなさい、と断ろうとも考えたが、これもなにかの縁、と思い直した。幸い、広島を舞台にした私の悪徳警官小説『孤狼《ころう》の血』は、残すところ連載もあと一回となっている。もう引き摺られることはあるまい、もう書けなくなることはあるまい、と自分を納得させた次第である。

さて『疫病神』である。

正直に言うが、連載開始前に読まなくてよかった、と心底、思った。もしこの傑作を先に読んでいたら、『孤狼の血』は書けなかっただろう。

私は自作の時代設定を暴対法ができる前の昭和六十三年に設定した。平成四年に施行された暴力団対策法は平成二十四年に改正され、いまではより厳しいものとなっている。暴対法以後はなにかと、やくざを描くのが難しいと考えての設定であったが、本シリーズを読み、書き様などいくらでもあることを思い知らされた。

主人公である建設コンサルタントの二宮《にのみや》とコンビを組む、やくざの桑原——関西に根を張る広域暴力団の枝の幹部——の造形が凄い。凄すぎる。丹後《たんご》の片田舎に生まれた桑原は、七歳のときに母親を亡くし、父親が再婚。疎外感を感じたのだろう。中学の頃から喧嘩《けんか》に明け暮れ、一端《いっぱし》の不良少年に育っていく。恐喝、傷害を繰り返して鑑別所から少年院。少年院を出たあとは大阪に出て、自動車整備工場に就職するが、先輩を殴ってすぐに退社。釜ケ崎に流れて日雇い労働をするようになる。と、ここまでは不良少年にありがちな転落のストーリーだ。が、桑原は人より目端が利いた。組幹部と知り合いノミ屋の手伝いをするうち、部屋住みとして二蝶会《にちよう》の末端に名を連ねる。

やがて正式に盃《さかずき》をもらい、二蝶会の若衆になった桑原は、別の組織と揉めた際、ひとりで相手の組事務所に殴り込みをかける。その働きが評価され、刑務所を出所後、幹部の金バッジをつけるまでになった。殴り込みをかけた動機が素晴らしく練られている。

私なら、桑原を鉄砲玉のひとりと、短絡的に設定してしまうかもしれない。しかし黒川さんはそれを、ひと捻《ひね》りもふた捻りもして、桑原の人物造形にさらなる厚みを加える手立てとしているのである。

「あれは博打《ばくち》や。いざ戦争がはじまったら、鉄砲玉もくそもない。ぐずぐずしてたら幹部にチャカ渡されて、だれそれといわれるかもしれんし、わ

し は恨みもない人間を弾《はじ》くほどの根性ないから、ひとりでカチコミかけた」

そこにヒーローの自己陶酔はない。胆力に優れ、クールで計算高いリアルなやくざ像が、この台詞ひとつで見事に活写されている。

等身大のリアル感――口にするのは簡単だが、作家にとってこれほど困難なキャラクター造形はない。「仁義なき戦い」はたしかに、終戦直後から昭和四十年代半ばにかけてのやくざを、等身大に描いてみせた。少なくとも、実物のやくざを知らない私には、そう思えた。

黒川さんは、現代を生きる、平成の等身大やくざを、バブルが弾け、暴対法ができ、シノギが厳しくなる一方のやくざを、まさに「仁義――」のような、完璧《かんぺき》なリアル感をもって描き出している。関西のやくざはこうなのだろうな、と素人の読者を納得させる上手さがある。その業界に詳しい人よりも、一般の読者を「さもありなん」と納得させる方が数倍難しい、と私は勝手に考えているので、桑原のリアルなやくざ像や迫真の台詞には、いまさらながらに感服した。やくざを書くなら『疫病神』を読め、と言われるはずである。

さらに感服したのは、ストーリー展開の妙である。産業廃棄物の処分地をめぐり、ゼネコンや業者、地方政治家ややくざが入り乱れて暗闘を繰り広げるこの物語の背景は、実のところ一筋縄ではいかない複雑な構図を孕《はら》んでいる。にもかかわらず作者は、複雑な背景を動きのあるストーリーのなかで徐々に解きほぐし、読者に上質のエンターテインメントとして提供している。本書には、ハードボイルドの要素もあれば謎解きの要素もあり、あっと驚く逆転の妙もある。

とにかく、読みはじめると止まらない。登場人物ひとりひとりの行動と心理に説得力あればこそのリーダビリティだろうと思うが、それにしてもである。この上手さには唸《うな》るほかない。

シノギは折半、とあれほど言い張っていた桑原が、強欲極まりないキャラとして描かれていた桑原が、賭場《とば》の借金の半額を、あとで二宮にそっと差し出すシーンが好きだ。ついでに言うなら、寝たきりになった元やくざの父親の髯《ひげ》を、二宮が病室で剃ってやるシーンも好きだ。なんだかんだと言って、このコンビはふたりとも、内に秘めた優しさを持っているのである。

後日談を描くラストがまた、いい。

「桑原からは一度、酒の誘いがあったが、断った」

この一文に痺れた。

「仁義なき戦い 完結篇」のラスト近くで、計らずも敵味方に分かれ、血みどろの戦いを繰り広げてきた武田明《たけだあきら》と広能昌三《ひろのしょうぞう》が、互いに矛を収め言葉を交わすシーンがある。落ち着いたら飲まないか、と誘う武田に、広能は少し考えてこう答える。

「そっちゃとは飲まん」

意外な顔で理由を聞く武田に、広能はぽつりとつぶやく。

「死んだもんに、悪いけえの」

この距離感に、堪らなく痺れたが、本書のさりげない一文にも、痺れまくった。


黒川さんは「疫病神」シリーズ最新作『破門』で第百五十一回直木賞を受賞されたが、この作品も受賞して当然の傑作だと、強く感じた。

「仁義なき戦い」が日本映画の金字塔なら、「疫病神」シリーズもまた、現代やくざエンターテインメントの金字塔、と言っていい。後世に遺すべき傑作のひとつ、と断言する。

はじめての高野山

数年前から、歳をとったなあ、と痛切に感じるようになった。

若い頃なら一晩で取れていた疲れが抜けないとか、新陳代謝が落ちてダイエットしても易々《やすやす》と体重が落ちなくなった、などという身体的なことばかりではない。ここ数年で、やけに信心深くなった。

特定の宗教に関心があるわけではない。神社仏閣を訪ねた折、神様や仏様に手を合わせるときに、昔より心を込めるようになった、という程度のものだ。

なかには、そんなことで信心深くなったとは片腹痛い、とおっしゃる方もいるだろう。しかし、若い時分は意味もわからず、形ばかりの合掌をしていた私にとっては、訪れた神社や仏閣の成り立ち、祀《まつ》られている神や仏の意味を理解しながら参拝することは、ものすごい変化なのだ。五十歳を前にして、人間の力ではどうにもならないことがある、と実感するようになったからだと思う。

先日、和歌山県にある高野山《こうやさん》へ行ってきた。言わずと知れた、弘法大師《こうぼうだいし》空海《くうかい》が開いた真言密教の聖地だ。訪れた理由は、先に述べたような、心境の変化によるものではない。文芸誌で連載する小説の取材のためだ。主人公は刑事を退官した男で、妻と一緒に四国遍路《へんろ》をしながら、自分の半生を振り返る。そこに、現在進行中の殺人事件が絡んでくる、というストーリーである。その作品の最終回の舞台が、高野山なのだ。

愛媛県の道後《どうご》温泉から四国入りし、香川県と徳島県を通って、フェリーで和歌山県へ向かう。JRの和歌山駅から高野山までは、鉄道とケーブルカーとバスを利用した。車中はどれもほぼ満席だった。駅員さんに「いつもこんなに混んでいるのですか」と訊ねると、「今年は高野山開創千二百年という節目の年ということもあり、例年以上に参拝客が多いです」との答えが返ってきた。

取材の目的は、高野山全体の様子を知りたかったこともあるが、一番は宿坊へ泊まることだった。主人公の夫婦は、道中、お遍路宿や宿坊へ泊まる設定になっている。生まれてこのかた、私はお遍路宿にも宿坊にも泊まったことはない。一泊ではあるが宿坊へ宿泊し、真言密教特有の瞑想法《めいそう》である阿字観《あじかん》や写経、朝のお勤めを経験したかった。

泊まる予定の寺に着くと、若い僧侶が出迎えてくれた。スニーカーを脱いで寺にあがると、僧侶は入り口で「なかへ入る前にお清めをいたします」と言って、両手を出すよう促した。言われるままに差し出すと、手のひらに茶色い粉を乗せられた。それを手に揉み込むのだという。塗香《ずこう》というものらしい。手のひらの匂いを嗅ぐと、白檀《びゃくだん》の香りがした。

私が泊まった寺は、宿坊とはいっても、かなり宿泊設備が整っていた。参拝客が泊まる部屋は、廊下と襖《ふすま》で仕切られていて、個室になっていた。浴衣《ゆかた》や洗面道具も備え付けてある。手洗いと風呂は共同だが、どちらも広くて清潔だ。ちょっとした和風旅館の趣《おもむき》だった。

しかし、そこはそれ、お寺である。夕食は五時半と早く、当然ながら精《しよう》進《じん》料理だ。部屋にテレビはあるが視聴は夜の九時までで、十時には床に就くよう勧められた。朝のお勤めが六時半からなので、夜は早くお休みください、とのことだった。

私は普段、就寝するのは夜中の二時か三時である。そんなに早く眠れるだろうか、と不安になったが、電気を消して布団に入ると、あっという間に眠気が訪れた。旅の疲れもあるが、どうやら人工の音がまったくないのがよかったらしい。聞こえてくるのは、風に揺れる木々の音と、庭園のなかの滝から流れ落ちる水の音だけだ。ヒーリング効果とでもいうのだろうか。自然の音がこれほど心を穏やかにするものなのだと、改めて気づいた。

おかげで朝寝坊の私も、六時には爽《さわ》やかに起床できた。共同の洗面所へ顔を洗いに行くと、一緒になった年配のご婦人に声をかけられた。

「おはようございます。いい朝ですね」

場所柄というのは不思議である。見知らぬ人から道端で同じように声をかけられたら戸惑ってしまうが、寺ではなんの躊躇《ためら》いもなく、自然に振舞える。

「おはようございます。本当にいい朝ですね」

と笑顔で挨拶を返した。

たったそれだけの会話なのに、なんだかとても嬉しかった。

六時半になると本堂に集まり、住職の読経を聞く。順に焼香をして、共に般若心経《はんにゃしんぎょう》を唱えてお勤めは終わりだ。その後、朝食をいただき、阿字観を体験した。

宿坊代を渡して寺を出たあと、弘法大師入定の地である奥之院へ向かった。二キロの山道を御廟《ごびょう》目指して歩くのだが、道を進むにつれ、時空を超えて過去に迷い込んだかのような錯覚を覚えた。周りにあるのは、樹齢数百年を超える杉木立と、織田信長《おだのぶなが》や明智光秀《あけちみつひで》、武田信玄《たけだしんげん》などの名だたる戦国武将の墓だ。かつての権勢を偲ばせる大きな墓石には、古い苔《こけ》が生えている。

境内にある樹木、墓、建造物のほとんどが、数百年という年月を経ている。気が遠くなる長い歴史に囲まれていると、たかだか五十年近く生きているだけの自分が「もう歳だから」などと言い訳していることが愚かに思えた。

御廟を参拝し下山する頃には、いままでとは違う自分になったような気がした。土産《みやげ》を詰め込んだトランクは重いが、帰路に就く足は軽かった。

今度はいつ来ようか。

山を下りるケーブルカーから高野山を見上げながら、次に訪れる予定を頭ですでに立てていた。

『孤狼の血』第六十九回日本推理作家協会賞

受賞の言葉

このたびは歴史ある日本推理作家協会賞を賜り、誠にありがとうございます。

どの著作も自分にとっては大切なものですが、本作はそのなかでも大きな節目となる作品になりました。本作は複数の文学賞にノミネートしていただいたことにより、先輩作家の方々から貴重なご意見を頂戴いたしました。いかに自分が作家として未熟であるか、改めて気づかされた作品でもあります。

日本推理作家協会賞はミステリー作家としてデビューしたときからの、

大きな目標のひとつでした。未熟な私にチャンスを与えてくださった予選委員の皆様、叱咤《しった》激励《げきれい》の意味を含めて推していただいた選考委員の皆様に、この場を借りて心より御礼申し上げます。

シャーロック・ホームズで読書に目覚めた私は、これまでミステリー作家を名乗れることに、密《ひそ》かな喜びを抱いておりました。これからは、日本推理作家協会賞の重みと誇りを胸に、一層、精進してまいる所存です。

本当にありがとうございました。

『孤狼の血』第六十九回日本推理作家協会賞
受賞メッセージ

二〇〇八年、『臨床真理』という作品で第七回「このミステリーがすごい！」大賞を受賞し、ミステリー作家としてデビューさせていただいた。その後も、ミステリーというジャンルをつねに念頭に置き、作品を書き続けてきた。ミステリー作家を名乗れることに、密かな誇りを抱いてきた。

最初の強烈な読書体験はシャーロック・ホームズだった。以来、ミステリーを中心にした読書生活を送ってきた私にとって、作家になって一番嬉しかったことのひとつは、自分が夢中になって読んだ、敬愛するミステリー作家の方々が所属する日本推理作家協会に、入会させていただいたことである。

日本推理作家協会賞の候補になることは、密かな夢だった。長編賞の候補に挙げていただいたと連絡をいただいたとき、夢の端っこに、わずかながらも手が届いた気がした。これだけでも、『孤狼の血』という小説を書いて本当によかった、と思っている。

受賞の知らせを受けたときは、咄嗟《とっさ》に言葉が出ないほど驚いた。『孤狼の血』は幸運にも複数の文学賞の候補に挙げていただき、厳しい講評を何度も頂戴していたので、この作品の欠点も自分の未熟さも、よくわかっていた。まさか——というのが本心であった。望外の幸せである。

この賞の過去には、錚々《そうそう》たる受賞者の先輩方が名を連ねていらっしゃる。賞の名に恥じないよう精進しなければ、と痛切に感じているところだ。このたびは誠に、ありがとうございました。

夏の山形

ついこのあいだまで「寒い寒い」と言っていたのに、いまは団扇《うちわ》をパタパタさせながら「暑い暑い」と繰り返している。つくづく季節は移ろいやすく、人は忘れやすい生き物だと思う。

山形県の内陸に移り住んで十年以上になるが、盆地の夏はきつい。引っ越して最初の夏を迎えたときは、あまりの暑さに生まれてはじめて夏バテというものを体験した。食欲がなく、起きていても常に頭がくらくらする。体重は二週間で四キロも減ってしまった。

山形県は県名のとおり山が多く、内陸はそれらの山々に囲われている。熱を持った空気が外へ逃げていかないため、気温はどんどん高くなるし湿度も上がる。ジメジメムシムシというやつだ。

仕事柄、取材で各地を訪ね歩いているが、その地方の伝統行事や風俗、郷土料理を知ると、そこの土地で暮らす人たちの知恵を感じる。もちろん山形にも、この暑さを乗り切る知恵を凝らしたものがたくさんある。なかでも「水飯《みずまま》」は絶品だ。

名前のとおり、白いご飯に水をかけたもので、炊いた米をザルにとり、水道水でジャブジャブ洗う。洗い終えた米を器にあけて、冷やしていた水を上からかける。おかずはもっぱら漬物だ。冷たい水を入れたサラサラのご飯を、色鮮やかに漬かった茄子《なす》漬や、瑞々《みずみず》しい胡瓜《きゅうり》の一本漬けなどでいただく。山形名物、夏野菜を細かく刻んで味付けをした「だし」もよく合う。

と書くと、水かけご飯とお漬物だけの質素な食事に思えるかもしれない。しかし、実はとても贅沢《ぜいたく》な食べ物なのだ。

何事も単純に見えることにこそ本質があるように、「水飯」にも美味しさを裏付ける理由がある。全国でも有数の米どころで作られた甘味のある米、蔵王や鳥海山、月山《がっさん》、湯殿山《ゆどのさん》など、名山と呼ばれている山々の湧水。そして、農家の方々が丹誠を込めて作った新鮮な朝採り野菜を使った漬物。このみっつがあればこその美味しさなのだ。

当時、夏バテで苦しんでいた私は、この水飯に救われた。いまではどんなに真夏日が続いても、夏バテすることはない。むしろ、体重が落ちずに悩んでいる。

山形にはほかにも、冷やしラーメン、冷たい肉そば、冷やしシャンプーなど、暑い夏を乗り切る知恵を凝らしたものがたくさんある。この夏、山形特有の暑さと冷たさを体感しに、訪れてみてはいかがだろうか。

故郷の空

仕事柄、取材でいろいろな土地を訪れる。

北は北海道、南は九州まで足を運んでいるが、そのたびに、島国と呼ばれている日本でも、まだまだ知らないことがたくさんあると思い知る。

私の場合、その土地を知ろうと思ったとき、地域に古くからある産業や特産品、そこで採れる食材や郷土料理を調べる場合が多い。それらは土地の歴史に深く関連していて、地域の特色がよく現れているからだ。

しかし、それ以上に、訪れた土地で印象に残るものがある。

空だ。

晴れ渡った青空や、厚い雲に覆われた灰色の空といった、天気に左右されたものではない。空の濃さや広さだ。同じ青空でも、西の空と北の空では濃さが違う。西の青空は淡くとても軽い。翻って北の青空は色が濃く、白い雲がよく映える。空の大きさは、その土地周辺にある山で違ってくる。盆地のように山が近ければ空は狭く、平野のように遠くにあれば広い。

いま山形に住んでいるが、生まれ故郷の岩手へ行くときは、大概、車を使う。山形自動車道を通り、村田《むらた》ジャンクションで東北自動車道へ乗る。道路の近くに迫る山に沿ってひたすら北上すると、金成《かんなり》を過ぎたあたりから、一気に視界が開ける。そばにあった山々は次第に遠ざかり、あたり一面、田圃《たんぼ》が広がる。そして、フロントガラスの前には、限りなく広い空が見える。

その空を見ると、無性に胸が苦しくなる。嬉しいけれど、ちょっとだけ泣きたくなるのだ。きっとこの感情を、郷愁と呼ぶのだろう。

岩手を離れて山形に移り住んでから、幾度となく通った道だが、故郷の空を見上げる気持ちは、そのときどきで違う。昔は実家の両親に会える喜びが多かったが、歳を重ねるごとに心配事が増えて気が重いこともあった。先が見えない不安を抱えながらのときもあったし、深い悲しみに目の前が潤むこともあった。

でも、どんなときでも故郷の空は変わりなく広い懐で、私を迎え入れてくれる。

時を重ね、道は変わり、街も変わる。しかし、空は変わらない。子供のころに母と見た満天の星も、父と見た鰯雲《いわしぐも》もそこにある。

生きている途中、道に迷うことがある。そんなときは、岩手の空を思い出す。どこにいても、空は故郷に繋がっている。ならば、右に行っても左に行っても同じだ。迷わず、自分が信じた道を進めばいい。そう思わせてくれるパワーが、故郷の空にはある。

この原稿を書いている今頃は、田圃の稲穂が金色に輝いているだろう。

原稿を書き上げたら、懐かしい故郷の空を見るために、車を走らせるのもいいかもしれない。きっとそのときも、故郷の空は変わらない温かさで私を迎え入れてくれるだろう。

ブランドと呼ばれる理由

昔は、大人になれば知識が蓄積されて知っていることが増える、そう思っていた。しかし、私に限って言うならば、そうではないらしい。歳を重ねれば重ねるほど、自分がいかに物事を知らないかを思い知る。

文化、歴史、ジャンルはさまざまだが、そのなかのひとつに食がある。自分にとっては当たり前だと思っていた食べ方が、実は世間一般的にはめずらしかった、といった類だ。

大人になるまで、納豆には砂糖を入れるのが常識だと思っていたし、トマトにも砂糖をかけるものだと信じていた。大人になり、一般的には納豆にはネギ、トマトには塩、という話を聞いたが信じられず、いろいろな人に尋ねたが、圧倒的に私の食べ方が少数派だった。

桃もそうだ。

このあいだ、福島県の会津《あいづ》地方を訪れた。あるお寺のご住職から、講演のお話をいただいたのだ。

私は人前に出るのが苦手だが、これもなにかのご縁だ、そう思いお引き受けした。

自分が作家になった経緯や、小説の魅力を語り、なんとか講演会を無事に終えた。ご住職も檀家《だんか》の方々も、笑顔で帰路に就く私を見送ってくださった。

ご住職から、宅配便が届いたのは数日後だった。

段ボールの蓋を開けると、見事な桃が入っていた。驚くほど大きく、新鮮な産毛がみっしりと生えている。一緒に桃の食べ方に関するチラシが入っていたが、そこにあった一文に我が目を疑った。

――硬いままでもお召し上がりいただけます。

私が知っている桃の食べごろは、熟して表面を押すとふよふよした頃だ。硬いということはまだ熟れておらず、甘みが足りないのではないか。

しかし、全国でも有数な桃の産地が説明しているのだ。間違っているはずがない。そう自分に言い聞かせて、硬い桃に包丁をあてた。

ひと皮むいた瞬間、驚いた。わずかに包丁を入れただけで、果実の濃厚で甘い匂いがあたりに立ち込めたのだ。

包丁で果肉を削り、口に入れる。

思わず声が漏れた。いままで食べた桃のどれよりも甘い。林檎《りんご》のようなしゃりしゃりとした食感と、瑞々しい美味しさが、口のなかいっぱいに広がる。気が付くと大きな桃を丸ごとひとつ平らげていた。

隣県でありながら、この歳になるまで福島ブランドの桃の美味しさを知らなかった。やはり何事にもブランドと呼ばれるには理由があるのだ。

今年の夏は福島に行くと決めている。果樹園を訪れて、もぎたての桃を食べるためだ。

そうそう。福島は桃の花が美しいことでも有名だ。果実の桃を味わう前に、ひと足早く桃の花を愛《め》でに行こう。

春は、もうすぐだ。

自然と人生

デビューして間もないころ、瞽女《ごぜ》の短編を書いた。

盲目の女旅芸人の話だ。瞽女の歴史は古く発祥は定かではないが、資料によると、明治時代から昭和初期に多く活動していたという。瞽女と呼ばれる人たちは津軽や四国など全国にいたが、有名なのが新潟の越後《えちご》瞽女だ。なかでも高田瞽女と長岡瞽女のふたつがよく知られている。

彼女たちはある組合に属し、一年の大半は旅に出る。山間の寒村や町を訪ね歩き、三味線を弾きながら、口説《くどき》や流行唄《はやりうた》などの瞽女唄を歌う。その報酬は金銭とは限らない。季節の野菜や米といった農作物だったこともある。三、四人ひと組で、新潟を中心に南東北や信州、ときに北陸や秋田県まで足を延ばした。

資料をひと通り読み終えて、彼女たちが歩いた旅路を実際に辿ってみることにした。

雪が解けて道がよくなった五月の初夏、車で山形県川西町《かわにしまち》に向かい、小《お》国《ぐに》街道を抜けて新潟に入る。

新潟はいま住んでいる山形県の隣県だが、訪れるのは二度目だった。新潟県は縦に長く、県境までは思いのほか近い。しかし、そこから主だった街まで距離がある。私にとっては近くて遠い土地だった。

県庁所在地の新潟市まで足を延ばし、日本海の海の幸で昼食をとる。そのあと再びいま来た道を戻り、国道三四五号線を北上した。来たときとは別の道——鶴岡経由で戻ろうと思ったからだ。

左に海を臨みながらアクセルを踏んでいた私は、道路わきに駐車スペースを見つけて車を止めた。ちょうど、陽が沈む時刻だった。

外に出ると、心地よい潮風が顔にあたった。ガードレールの側に佇《たたず》み、目の前に広がる光景に見入る。

視界のすべてが橙色だった。半円を描く海も、その上に広がる空も、同じ色に染まっている。このあたりが、美しい海岸線で知られる笹川流《ささがわ》れだと、そのときに思い出した。

打ち寄せる波が、海から突き出ている大小さまざまな岩にぶつかりきらきらと光る。

胸に迫る美しい景色を眺めながら、瞽女に思いを馳《は》せた。読み込んだ資料の多くには、彼女たちは過酷な境遇に身を置きながらも、自分の人生を嘆くことなく、すべて宿命と受け止めて旅を続けたとある。

自然と人生は似ている。恵みをもたらす一方で、生きている者に非情な試練を与えることがある。

辛い出来事が起きるたびに自然を憎むのだが、自然がつくり出す壮大な美しさに出合うと感動してしまう。

人生もそうだ。辛い目に遭い、もう立ち上がれないと嘆きながらも、ささやかな喜びを感じると、人生そう悪くはない、と思ってしまう。

空が薄紫色になってきて、あたりが次第に薄暗くなってきた。車に戻りエンジンをかける。フロントガラスの薄闇のなかに、海に浮かぶイカ釣り船の灯りが点々と見えた。

なんだか鼻の奥がつんとした。こみ上げてきそうになるものをぐっと堪えて、アクセルを踏んだ。

願いは希望

亡くなった母は、季節の行事を大切にする人だった。大掛かりなことをするわけではない。桃の節句のときは、お人形がない私のために、折り紙でお雛《ひな》様を作ってくれたり、お月見のときは河原からススキをとってきて、手作りのお団子を供えるといった、ささやかなものだ。

なかでもとりわけ印象深いのは、七夕だ。

七月七日が近づくと、母は私を早くに起こして、近くの原っぱへ連れて行った。葉っぱの上に溜まっている朝露をとるためだ。持って行った小皿に朝露を溜めて、家に戻るとそれを墨に混ぜて硯《すずり》でする。朝露を入れた墨で短冊に願い事を書くと、それが叶うのだという。

「本当はサトイモの葉の朝露なんだけど、ないから仕方がないね。でも、気持ちを込めれば、きっと願いが叶うよ」

そのとき私が、どのような願い事を書いたのか、大人になったいまでは思い出せない。しかし、母の言葉を信じて、必死に朝露を入れた墨をすったことだけは覚えている。

十年ほど前、仙台の七夕まつりをはじめて見た。計画して行ったわけではない。偶然だった。

いま住んでいる山形から、いつも車なら一時間ほどで着くのに、その日はものすごい渋滞で三時間近くかかった。車のラジオから流れてくる情報で、ちょうどその日が仙台の七夕まつりだと知った。

仙台でよく使っている繁華街の駐車場は、どこも満車だった。仕方なく、目的地からかなり離れた場所に車を停めた。

汗をかきながら目的地へ向かう途中、一番町のアーケードを通った。通りは、笹飾りと呼ばれるたくさんの七夕飾りで彩られていた。

私は、その華やかさに魅了された。アーケードの天井から、大きなくす玉に長い吹き流しがついた飾りが、数えきれないくらいぶら下がっている。それぞれ趣向を凝らした飾りは、商店街や企業が何か月もかけて作るのだと、あとで知った。

飾りを見上げながら歩いていると、路上に長机が置かれていた。机のうえにはなにも書かれていない短冊とマジックペンがあり、『願い事を書いて、笹の葉に飾ってください』と書かれた紙が貼られていた。机の隣には、大きな笹が設置されていた。

せっかくだから、願い事を書こう。そう思いペンをとったが、すぐには浮かばない。ほかの人はどんな願い事を書いているのかと、笹についている短冊を見た。

そこには、ほしいものが手に入りますように、成績が上がりますように、といった自分に関することから、子どもがすくすく育ちますように、お母さんの病気が早く治りますように、といった家族にかかわること、世界の平和を願うものなど、さまざまな願い事があった。

風に揺れる多くの短冊を見ているうちに、胸が熱くなった。

他人から見ればささやかと思える利己的な願いも、崇高と思える利他的な願いも、その人にとっては大切な希望なのだ。

希望がなければ、人は生きてはいけない。どんなに辛い出来事に見舞われても、希望があれば立ち上がれる。願いを持つことが明日の支えになるのだ。

私は手にしていたペンを、短冊に走らせた。

——どうか、たくさんの短冊が、笹に飾られますように。

私は目の前にある笹に、その短冊をしっかりと結んだ。

かわらない月

デビューをして十年の節目を迎えたが、作家になって困ったことがひとつある。「ご趣味は?」と尋ねられることだ。

作家になる前であれば迷わず「読書です」と答えていたが、書くことが仕事となったいまはそうはいかない。手に取る本の大半は楽しむためではなく、執筆に必要なものになっているからだ。

そのことにはたと気づき、改めて自分の趣味を考えたときに、思いついたものがふたつある。「猫」と「温泉」だ。

猫は私が子どものころからそばにいた。いまも八歳と五歳の猫を飼っている。少々語弊があるかもしれないが、猫に関わるものは書籍、グッズなど、あらかた欲しくなるのだから、私にとって猫は広義の趣味と言えるだろう。

もうひとつは温泉だ。

作家になってから、取材と称していろいろな温泉を巡っている。どの土地の湯も特徴があり、尋ねられればそのときの季節、景色、大気のにおい、つかった湯の感触まで鮮明に思い出せる。

なかでも忘れられない湯がある。秋田の乳頭《にゅうとう》温泉郷にある鶴の湯《つるのゆ》だ。

当時、二作目の構想に悩んでいた。助走のないままデビューし、次の作品でなにを書いていいのかまったく浮かばなかった。

頭を抱えて悩んでいるときに、秋田で世間の耳目を集める出来事があり、二作目の舞台にしようと決めた。しかし、いざ訪れたはいいが、人脈があるわけでもなく、その土地に詳しくもない私が手にできる情報は皆無に等しかった。

帰る前日になって、ため息を吐《っ》きながら、今回は無駄足だったと諦めた。残念だが別なテーマを考え直さなければいけない。

気持ちを切り替えて、せっかく来たのだからと、全国でも名湯と名高い乳頭温泉へ足を延ばした。

季節は秋。日暮れははやく、もたもたしている間に夜になった。右に左にうねる山道を車で進んでいった先に、鶴の湯はある。

いくつかの内風呂と大きな露天風呂があり、露天は混浴だった。一番大きな風呂が混浴だったとは知らず、年がいもなく一瞬ためらったが、あたりを照らす灯りは、小さな電灯と月明かりだけだ。目を凝らしても、人影しか見えないことに背を押され、私は湯に入った。

乳白色の湯に肩までつかりながら、空を見上げた。

薄墨を掃いたような夜空には、満月が煌々《こうこう》と輝いていた。懐かしいにおいを感じるやわらかい夜風がススキを揺らし、火照った顔を冷ましていく。

微《かす》かに雲がかかる月を見上げた。いま自分の目に映る同じ景色を何十年何百年前の人も見上げたのだろうか、やわらかな湯につかりながら夜空に浮かぶ月を美しいと思ったのだろうか。そう考えたら、知らず知らず肩に入っていた力が抜けた。

自分が描きたいものは、いまこの時代だけが関心を抱いているものではない。時代が違ってもかわらない、普遍的なものだったはずだ。

月が雲に隠れて、あたりが闇に沈んだ。湯からあがり服に着替えた。脱衣所から出ると、再び月が顔を出していた。

また迷ったらここに来よう。ずっとかわらない景色が、真に私が描きたいものを思い出させてくれる。取材は手ぶらに終わったが、もっと大切なものを手に入れて、私は帰路についた。

春はくる

津軽三味線に関心を抱いたのは、盲目の旅芸人の瞽女《ごぜ》にある。彼女たちを調べるなかで、津軽瞽女を知り、津軽三味線をこの耳で聴きたいと思った。その願いが叶ったのは、いまから数年前のことだ。ある作品の構想を練っているときに、浅虫《あさむし》温泉をシーンに入れることにした。

私は舞台にする土地には、必ず足を運ぶ。浅虫温泉のシーンを描くと決めた後日、青森に向かった。年が明けたばかりの、まだ寒い季節だった。

その日に泊まる宿の部屋からは、陸奥湾が一望できた。窓から見える景色はすべてが灰色で、強い海風に吹かれて雪が舞っている。厳粛さを感じる風景のなかを、白鳥が飛来していた。

浅虫を訪れた理由は、作品の取材のほかにもうひとつあった。津軽三味線の生演奏を聴くためだ。宿泊した宿は夜になるとロビーで津軽三味線のライブが行われる。それが目当てだ。

明るいうちにあたりを散策し、早めの夕食を終えて、階下へ降りた。広めのロビーにはすでにステージが設《しつら》えられ、多くの泊り客がその近くで待機していた。

ステージから少し離れた場所に座り、ライブ開始を待つ。

時間になり、ライブがはじまった。

演奏者が椅子に座り、姿勢を整える。

短いかけ声とともに、演奏者が撥《ばち》を糸に叩きつける。

びん、という強い音がロビーに響く。

私はジャズ、クラシックなど、音楽が好きで、幾度かコンサートに赴《おもむ》いている。ジャンルは違えども、機材を通したものと生の音は似て非《ひ》なるもので、目の前で楽器から奏でられる曲は聴く者を圧倒する。

なかでも、生で聴く津軽三味線は想像を超えていた。演奏者が弾く三味線の音は館内の空気を震わせ、私の心の琴線を激しく揺さぶる。

背を伸ばし、微動だにせず、無の境地にも似た表情でひたすらに撥を振り下ろす演奏者の姿は、まさに孤高そのものだった。

目を閉じると、横殴りの雪のなかをゆく人の姿が浮かんだ。どこに向かっているのかはわからない。寒さに耐え、膝まである雪を踏みつけながら、黙々と歩き続けている。俯きながら歩く者の目は暗いが、なにものにも屈しない強さが滲んでいる。

東北の冬は長い。ときに飢饉や災害に襲われ、多くの者が悲しみに暮れた。そのたびに東北の人々は涙をこらえて、この苦しみの時はいつか過ぎる、そう祈り寡黙《かもく》に生きてきた。

その姿は見る人によっては、ひどく惨《みじ》めに映るかもしれない。しかし、その東北に生きる人々の逞《たくま》しさが私の目には眩《まぶ》しく、神々しい。

外は雪。ロビーは汗ばむほどの熱気に包まれている。

人生の苦しみ、悲しみ、辛さ、虚《むな》しさ、諦め、嘆き、願い、すべての思いを演奏者は三味線の音に込める。

どんな厳しい冬も、必ず終わる。その次にくる春は、このうえなく豊かなものかもしれないし、ささやかなものかもしれない。その春がどのようなものであっても、厳しい冬を経験した者だからこそ感じられる温かさがある。

春はくる。

必ずくる。

四季が誰のもとにも平等に訪れるように、人生の春はきっとくる。

そう願いながら、日々、生きている。

想像する原点を思い出す五冊

音楽家や小説家などクリエイターと呼ばれる人たちには、「行き詰まる」「アイディアが出てこない」という苦悩が付いて回るものだと思う。雑誌などでそのような方々のインタビュー記事を読むと、その人ならではの、アイディアを捻り出すコツのようなものが書かれていることがある。

私は二〇〇八年に「このミステリーがすごい！」大賞で作家デビューさせていただき、今現在も、必死に作家の末席にしがみついている。

自分のことをクリエイターと呼ぶのはおこがましいが、無からなにかを生み出す仕事に就いている身のひとりとして、私はどうやら、いきなりなにかがひらめく、といった能力は持ち合わせていないらしい。

これといった趣味もなく、一日のなかで落ち着ける時間は、猫と戯れているときと、ベッドに寝っ転がってスマホで好きなゲームをしているときという、ズボラを絵にかいたような人間だ。

だが、猫を撫《な》でていても、ゲームをしていても、当然のことながら行き詰った仕事が進むはずはない。締め切りが迫り、いよいよもってマズいと悟り、ネットやノンフィクションの本、新聞を見てネタの取っ掛かりを探すが、それで浮かべば御の字だ。大概、時間だけが過ぎていく。

二進《にっち》も三進《さっち》もいかない絶壁近くまで追い詰められたとき、決まって手に取る本が何冊かある。三浦綾子《みうらあやこ》氏『氷点』(角川文庫)、髙樹《たかぎ》のぶ子氏『透光の樹』(文春文庫)、吉村昭氏『破船』(新潮文庫)、北方謙三《きたかたけんぞう》氏『逃がれの街』(集英社文庫)、小池真理子《こいけまりこ》氏『冬の伽藍《がらん》』(講談社文庫)の五冊だ。それを、そのときの気分で選んで読む。

これら五作を読まれた方は、ひとつの共通点があることに気づかれるだろう。すべての作品に、凍《い》てつく冬の描写があるのだ。『氷点』は北海道を舞台に原罪を問い、『透光の樹』は北陸の地での深い性愛を描いている。『破船』は寒村の厳しさを土着的に描き、青年と少年の逃避行を主軸に据えた『逃がれの街』は、読むたびに終章の冬の軽井沢のシーンで落涙してしまう。『冬の伽藍』は冒頭から美しい冬の描写に魅せられ、ラスト一ページは、胸が痛くなるほど切なくなる。どれも、とても美しく、ひどく哀しいのだ。

この五冊を繰り返し読む理由は、純粋に作品の魅力もあるが、自分の生国と育ちによるところが大きいように思う。

十代の頃、岩手県の三陸で暮らした。楽しい思い出と辛い記憶、どちらかといえば後者のほうが多かった。三陸の冬は晴れの日が多い。雪はほとんど降らず、降っても路面を薄っすらと覆うくらいだ。その代わりすごく冷える。早朝や夜はマイナス十数度まで下がり、吐く息が白くなる。空気は塵芥《ちりあくた》などひとつもないほど澄み渡り、夜には満天の星がよく見える。嫌なことがあると家を出て、ぼんやりと夜道を歩いた。行く当てなどない。吐く息は白く、街灯の灯りが反射して、細かく切った銀糸がちりばめられたようにあたりに舞った。その現象があまりにきれいで、何度も息を吸っては大きく吐いた。そうしているうちに、乱れていた気持ちは次第に鎮まっていった。

これらの小説を読んでいると、あれほど嫌だった「小説を書く」という営為に、抵抗がなくなってくる。きっと、当てもなく夜道を歩きながら、ああだったらいいのに、こうだったらいいのに、と空想に耽《ふけ》っていた、想像する原点を思い出すからかもしれない。

これら五冊の文庫本は、すぐ手に取れるよう仕事机の上に置いている。ただひたすら想像することで救われていたあの頃に、いつでも戻れるためだ。そして、今日もパソコンに向かう。

「欲しい本」と「必要な本」

いやあ、嬉しい。なにが嬉しいって、「本の雑誌」で目にするたびに「いいなあ」と指をくわえていた企画からお声をかけていただいたのだ。もちろん即行で「ぜひぜひ、よろしくお願いします！」とお返事した。長年の夢だった企画に、首を横に振る選択肢などあるわけがない。

この企画に参加するにあたり、私は自分にひとつの縛りを掛けた。「欲しい本を買う」である。人が物を買うとき、理由は大きく分けてふたつあると思う。「必要な物」と「欲しい物」だ。作家になるまでは「欲しい本」を買っていたが、この仕事に就いて「必要な本」を買う比率が圧倒的に増えた。

「どっちも買えばいいじゃない」そうおっしゃる方もいるだろう。しかし、根っから貧乏性の私はそれができない。小さい頃から「本は学校の図書室か地域の公民館で借りるもの」として育った私は、いい大人になったいまでもその教えから抜け出せないでいる。

親からお小遣いをもらい、そのなかで遣り繰りするようになるまでは、買ってもらえる本はひと月に一冊という決まりがあった。読みたい本はいっぱいあるのに、買える本は一冊だけ。悩んだ私が出した結論は「短い話がたくさん入っている本なら、一冊でいくつもの物語が楽しめる！」というものだった。結果として「落語小話集」や「世界の寓話《ぐうわ》」といった短編集や掌編集を選んでいた。

三つ子の魂百まで、とはよく言ったものだ。そんなわけで、作家になれた今でこそ「必要な本」は迷わず購入するが、その反動なのか、「欲しい本」を買うことは以前にもまして躊躇うようになった。お金の問題というよりこれは、心と時間（本を読むための）の問題なのだろう。そんなこんなで企画当日は、「今日は絶対、欲しい本を買う！」と心に決めていた。

その日、買う本をもうひとつ前もって決めていた。逢坂剛さんおすすめの本だ。

買い物をする前に、逢坂さんを囲んで昼食をご一緒させていただいた。その席で私は逢坂さんに「作家として読むべき本」と「時代小説を書くうえで参考になる本」をお尋ねした。

常々「欲しい」と思うもののなかに「知識と読書量」がある。ふたつとも右から左へ移すように手に入るものではない。ならばせめて、ハードボイルドから時代小説まで幅広い作品を刊行する大先輩の、計り知れない知識の欠片でもいいから欲しい、そう思ってのことだった。

1『文章読本』（谷崎潤一郎　中公文庫）

2『問題な日本語』①〜④（北原保雄 編　大修館書店）

逢坂さんが教えてくださったのはこの二冊。谷崎潤一郎の『文章読本』と、林美一《はやしよしかず》の本だ。ペンを借りて、割り箸の袋にメモを取る。そしてもう一冊。会食中に「日本語がいかに難しいか」という話になり、逢坂さん曰く「『問題な日本語』は面白い」とのこと。これもメモメモ。この時点で、今日買うべき本が三冊決まった。

楽しい会食を終えて、いざ三省堂神保町本店《さんせいどうじんぼうちょうほんてん》さんへ。

3『江戸の二十四時間』(林美一　河出文庫)

さっそく店内に入りお買い物開始。まずは逢坂さんから教えていただいた三冊を——と箸袋を手に四階にある歴史の棚をうろうろしていると、さすがプロ中のプロ書店員！　内田さんがすばやく本を持ってきてくださった。残念ながら逢坂さんおすすめの林美一の本は在庫切れだったため、同じ著者の『江戸の二十四時間』とほかの本を購入。

4『殺人犯との対話』（小野一光　文藝春秋）
5『よくわかる高齢者の心理（改訂版）』（近藤勉　ナカニシヤ出版）
6『何が彼を殺人者にしたのか』（マイケル・ストーン博士　イースト・プレス）
7『捜査心理学』（渡辺昭一　北大路書房）
8『知的障害と裁き――ドキュメント 千葉東金事件』（佐藤幹夫　岩波書店）

次に向かった棚は五階にある心理学の棚。かねてから「人の心が一番のミステリー」と思っている自分にとって、精神医学や心理学の書籍は執筆の上で欠かせない。さすが三省堂さん、その類の本があるある！　しばし悩みその棚から五冊を購入。なかでも凶悪殺人犯と呼ばれる十人を取材した『殺人犯との対話』は非常に興味深く、『よくわかる高齢者の心理』はこれからの時代を描いていくには欠かせない本だと感じた。

ここにきて、はたと気づいた。

ちょっと待て自分。今日は必要な本ではなく欲しい本を買うと決めてきたではないか。とはいえ見つけてしまった興味深い本を棚に戻すことなどできず、カゴに入れたまま六階のコミック売り場へ向かう。

9『名作マンガで精神医学』（林公一　中外医学社）

物心ついた頃から、本と呼ばれるすべてのものが大好きだった。もちろん、マンガもである。売り場に入った途端、平積みになっている『名作マンガで精神医学』という本が目に留まった。名作と呼ばれるマンガを取り上げて、精神疾患の症状や治療に至るまでの経緯を書いているという。実際のケースも用いられていて、これは読みがいがあると購入。

10『哭《な》きの竜』①〜③、⑤（能條純一　小学館コミック文庫）

順に棚を見ていくと、おお、懐かしい本が！　『哭きの竜』だ。昔、全巻そろえたが置き場所が無くなり、泣く泣く手放したマンガだ。名セリフ「あんた、背中が煤《すす》けてるぜ」に痺れたくて、売れてしまっていた四巻を除く全巻購入。これは仕事が詰まってないときにしか手をつけられない。読みはじめたが最後、途中ではやめられないからだ。

11『#こんなブラック・ジャックはイヤだ』（手塚治虫 原作／つのがい 漫画 小学館クリエイティブ）

そして新たに懐かしい本を発見！ と思ったが、いやこれは違う。手塚治虫の名作『ブラック・ジャック』のパロディ『#こんなブラック・ジャックはイヤだ』である。パロディではあるが、これには驚き。手塚治虫の絵柄、ペンタッチ、カラー画まで本人が描いたと言われれば肯《うなず》いてしまうほどのクオリティだ。『シャーロック・ホームズ』で本格的に小説世界に入った私は、ホームズのパロディが出ると手に入る限り購入している。それは『ブラック・ジャック』も同じだ。著者が鬼籍に入りもはやオリジナルが読めないいまとなっては、パロディで寂しさを埋めるしかない。シャーロッキアンならぬ、ブラックジャッキアン（？）な私。この本を即買い。

12 『世界で一番美しい猫の図鑑』（タムシン・ピッケラル　エクスナレッジ）

誰かから「この世で絶対に敵《かな》わないものは？」と聞かれたら即座に「猫」と答える。私は自他ともに認める猫好きで、自宅でも二匹の猫を飼っている。どんなに具合が悪くても、仕事が忙しくても、猫にひと声鳴かれたら彼らに従ってしまう。

そんなわけで、実はこの日のために、ずっと買わずにいた本があった。『世界で一番美しい猫の図鑑』だ。この本は猫のルーツを知ることができ、また、猫は可愛いだけでなく美しい動物だ、と再認識させてくれる。しかも！　表紙になっている猫ちゃんのクリアファイル付き！　思わぬオマケがついていて、ものすごく得をした気分になる。実際にはもったいなくて使えないのだが。

さて、ここまで来て、ざっと計算していただく。まだ五千円ほど買えるとのこと。本ってなんて贅沢なんだろうとつくづく思う。ここまで購入した本を読み終わるには、かなりの時間がかかるだろう。充実した至福の時間と数多《あまた》の知識が二万五千円ほどで手に入るのだ。

13「建築知識」二〇一七年一月号（エクスナレッジ）

14『日本の名作住宅の間取り図鑑』（大井隆弘　エクスナレッジ）

よし、残りの五千円を大切に使おう。と思いふと通路の横を見ると、建築関係の本がずらりと並んでいる。平積みになっている本のなかで、二冊の本が目についた。「建築知識二〇一七年一月号〜猫のための家づくり」『日本の名作住宅の間取り図鑑』だ。

「建築知識～」には、猫にとって住みやすい場所の作り方が載っていた。今年からシニアになるうちの猫にとって参考になる。『日本の名作住宅～』は、日本家屋好きにはたまらない一冊だ。江戸から昭和までの日本の住宅遺産が紹介されているうえに、「真壁《しんかべ》」や「ガラリ」といった用語も載っている。これはとても役に立つ。

15『カメラは撮った！　山口組「激動」の101年、その瞬間』（宝島特別取材班　宝島社）

残りあと一冊。なににしようかと悩んでいるとき、目に飛び込んできた本があった。『カメラは撮った！　山口組「激動」の101年、その瞬間』である。現在、警察×極道小説を書いている自分にとって、これは必要不可欠だ。

ここまでの合計金額を計算していただき、四百九十円を残してお買い物終了。

今回の企画で、新たに気付いたことがある。購入した本をご覧いただけばおわかりだと思うが、いまの私は「必要な本」と「欲しい本」が同じになってしまっている、ということだ。単純に考えれば、自分が求めている本が、作家になる前に比べて倍になっているということだ。ううん、これは嬉しい！　世の中には読みつくせないほどの書籍があり、本に関する興味は尽きない。まだまだ読みたい本がいっぱいある！　このたびの買い物は「欲しい本を買う」という当初の目的から少しずれたが、「必要な本」と「欲しい本」が両方手に入り、また、前に述べた新たな発見があった充実したものだった。

素晴らしい企画にお声がけいただいた本の雑誌社のみなさま、忙しい時間を割いて企画に関わってくださった方々、そして、おすすめの資料本を教えてくださった逢坂さんに、この場を借りて心から御礼申し上げます。とても楽しかったです！

作家の字典　柚月裕子の猫

「絶対に適わないものはなんですか」と訊かれたら、迷わず「猫です」と答える。

私は「ことわざ」が好きでよく辞典を読むが、猫が出てくることわざはたくさんある。多くは、猫に小判、猫を被る、泥棒猫、猫糞《ねこばば》など、ろくなものではない。その一方で猫は、船の守り神や、招き猫など、神として崇《あが》められて大事にもされている。

この矛盾はいったいなにゆえか、と考えて、はたと思いついた。猫は犬と違い、人に従わない。自分勝手で気まま。気が乗らないといくら呼んでも来ないが、甘えたいときはそれこそ猫なで声ですり寄ってくる。

猫は神秘的な生き物だ。捉えどころのなさが、様々なことわざを生んだとも言えるが、猫の機嫌に振り回されてきた者が、その可愛さや気高さを神に喩《たと》え、ときに味わう可愛さ余って憎さ百倍の気持ちを、言葉で表した。それが、猫に纏《まつ》わる表現の矛盾に繋がっているのではないだろうか。

かくいう私も、猫に振り回されているひとりだが、どうにも愛おしくてたまらない。「字典」の一文字に選ぶくらい好きなのだから、その〝猫ばか〟ぶりはお察しいただけたと思う。

なんだかんだと言いながら、今日も猫に振り回されつつ執筆に励んでいる。

藤沢周平の故郷・鶴岡を訪ねる

同じ県内で暮らしながらも、鶴岡を訪れたのは八年ぶりだった。

いつでも行ける、そう思うと人はなかなか腰をあげないもので、藤沢作品を愛読しながらも、気づけば長い歳月が経っていた。

今回、藤沢氏ゆかりの地を訪ね歩き、改めて庄内《しょうない》平野の美しさが胸に染みた。

撮影当日は快晴に恵まれた。空は青く澄み渡り、遠くには青い山並みが見える。生き生きとした樹木に囲まれた歴史ある建築物は、堂々とした佇まいを見せていた。

それらを眺めながら、ここに藤沢さんがいる、そう感じた。透明な空に、旧致道館《ちどうかん》の静寂《せいじゃく》に、三雪橋《みゆきばし》がかかる内川《うちかわ》に、目に映るすべてに藤沢さんの息遣いを覚えた。そう思うとき、もし、藤沢さんがこの土地に生まれていなかったならば、はたしていまの藤沢文学が生まれていただろうか、との考えが頭をよぎった。

己の信念を頑《かたく》ななまでに貫く侍、倹《つま》しく生きる市井の人々、道ならぬ男女の交わり。藤沢作品に通底しているものは、生まれ落ちたときから背負っている理不尽さを受け入れ、それを嘆くことなく、黙々と生きる人間の姿だ。その潔さを内包する強さは、厳しい自然のなかに藤沢氏自身が身を置いてきたからこそ生まれたのではないか。

藤沢氏が庄内を描いているのではなく、土地が藤沢氏を育み、数々の名作を書かせたのかもしれない。

日本推理作家協会七十周年記念エッセイ

日本推理作家協会設立七十周年おめでとうございます。

私は二〇〇八年に「このミステリーがすごい！」大賞でデビューをさせていただいた。

受賞の連絡を受けたとき、私の胸はたとえようもない喜びで満ちた。が、その喜びは、徐々に、不安へと変貌《へんぼう》した。受賞した作品は、生まれてはじめて書いた長編で、それは自分にとって、助走もなくいきなりスタートを切ったことを意味していたからである。

専門的な知識もない、ネタの引き出しもない、でも作家として生き残りたい。そう強く思った私は、ある目標を立てた。なんとしてでも二作目を刊行する、である。そんな当然のことを目標に立てなければならないほど、そのときの私は、追い詰められていた。

目標を達成するには一年半かかったが、なんとかクリアできた。

次なる目標は、デビューから三年生き残る、というものだった。そこを過ぎたあとは、五年間、七年間と時間を延ばした。そして来年、デビューから十年の節目を迎える。

ここに来るまでには、いろいろなことがあった。もう書けない、と思ったことも幾度もある。しかし、そのたびに心を奮い立たせてくれる出来事があった。それは大藪春彦賞や本会の日本推理作家協会賞といった文学賞の受賞、先輩作家の方々の叱咤激励、そして読者や周囲の人の応援である。

かつて「自分はひとりでも生きていける」などと思いあがっていた時期がある。しかし、歳を重ね、作家を続けるにつれ、人生も仕事も人の支えなくしては成り立たない、と気づいた。

いまの目標は「推理作家協会八十周年を迎えるときも作家でいる」である。作家としても人としても成長し「八十周年おめでとうございます」と胸を張って祝意を表したい。

それを新たな目標として、日々、精進する——それがいまの覚悟だ。

猫

このところ、猫ブームが続いている。

テレビをつけても書店に行っても、猫の特集が組まれている。猫が目に入らない日はない、といっても過言ではない。

幼いころから猫を愛してやまない者としては嬉しい限りだが、困ったことがひとつある。猫に関わる書籍があまりに多すぎることだ。猫と名がつくものは小物、置物、食べ物どれでも欲しくなる。それが、自分が大好きな「本」というジャンルになれば、書店で猫特集が組まれた棚の前で、私がどれだけ頭を抱えているか、ご想像いただけるだろう。

今回はそんな私が、悩み抜いて取り上げた猫の本を四冊ご紹介したい。

一冊目は、猫好きなら知らない者はいない落涙必至の本、内田百閒《うちだひやっけん》の『ノラや』（中公文庫）。

日記形式で綴られている本作は、庭先で野良猫が産んだ一匹の猫を「ノラ」と名付けて溺愛する百閒が、突然姿を消したノラを探し回り、日常にも支障をきたす程悲しみに暮れる、という内容だ。

百閒と同じ経験をしたことがある者ならば、彼の気持ちが痛いほどわかるはずだ。百閒の悲しみは我がことであり、嗚咽《おえつ》をこらえられないだろう。かくいう私もそのひとりである。実家で飼っていた猫が一か月近くいなくなったことがある。なにも手につかず、ひたすら探し回り泣いて暮らした。

朝夕、いなくなった猫の写真を手に、道ゆく人に見かけなかったか聞いて歩いた。その猫が好きだったフードを家の周りにまいて帰りを待った。

いつも猫がそばにいると、その暮らしが当たり前になってしまっているときがある。

でもそうではない。どのような形であれ、彼らが私の目の前から急にいなくなってしまうかもしれないのだ。そのことを胸に刻み、猫と暮らせる日々を大切にしている。

二冊目は写真集、いまや猫写真の第一人者ともいえる岩合光昭《いわごうみつあき》の『ネコライオン』（クレヴィス）。

この本は猫とライオンを似たようなアングルで撮った写真を対比させる構造で作られている。本を開くと書籍の帯にある「ネコは小さなライオンだ。ライオンは大きなネコだ」という言葉に大きく肯く。掲載されている写真――特にライオンの写真を見ると、野生動物を長く撮り続けた岩合氏でなければ、作れなかった本だと強く感じる。

猫を飼っていると、ときどき猫が持つ野性を強く感じることがある。あくびをしたときに見える鋭い牙、尖ったツメ、身を低くして足音を立てないようにおもちゃに忍び寄る姿を見ると、まさに小さな野生動物であることを実感する。可愛いだけではない、猫のもうひとつの魅力を余すところなく活写した一冊だ。

三冊目は漫画のジャンルから、鴻池剛《こうのいけつよし》の『鴻池剛と猫のぽんた ニャアアアン！』（KADOKAWA）である。成り行きで子猫を飼うことになった筆者が、猫との暮らしを描いているエッセイ漫画だが、この本は数多くあるエッセイ漫画とは一線を画している。まず絵柄。とにかくぽんたが可愛くない。いや、ところどころ載っている写真のぽんたはとても可愛いのだが、鴻池氏が描くぽんたは正統派の可愛さではない。丸い顔の中心に目鼻口が集まり、人を食ったような顔をしている。可愛くないのは絵柄だけではない。ぽんたはとにかく飼い主に懐かない。むしろ可愛がろうとする鴻池氏と一定の距離を保とうとする。ここは猫を飼ったことがある者が、「そうそう、猫ってそうだよね！」と強く共感するところだ。

この本は、飼い主がひたすら猫に振り回されるだけの生活が描かれているのだが、鴻池氏の、飼い猫が愛しくてたまらない様子と、自分の思い通りにならない相手を愛してしまった者の悲哀がひしひしと伝わってくる。それが憐れでもあり、面白くてたまらない。

現在三巻まで刊行されているが、二巻目では新しくアルフレッドという子猫が鴻池氏のもとへやってくる。鴻池氏とぽんた、アルフレッドがどのような生活を送っているのか、続きが早く読みたい。

四冊目は、ルイス・セプルベダの『カモメに飛ぶことを教えた猫』(白水社)だ。

港に住む猫のゾルバはある日、瀕死《ひんし》のカモメと出逢う。ゾルバはカモメと三つの約束を交わす。これからカモメが産む卵を食べないこと、ヒナが生まれるまで面倒をみること、そのヒナに飛ぶことを教えること、だった。

ゾルバは仲間の猫たちとともに、フォルトゥナータと名付けたヒナを大切に育てる。そして、ヒナに飛ぶことを教えようとするのだ。

訳者あとがきによれば、本作はヨーロッパで「八歳から八十八歳までの若者のための小説」と謳《うた》われたという。本作のラスト、ハンブルクの夜空を見上げながらゾルバが口にする言葉を目にすると、あとがきにあった文章が胸に迫ってくる。そして、かつて味わった未知のものへの憧憬《しょうけい》と胸の高鳴りが、懐かしく蘇ってくる。

ここにあげた四冊はいずれも、猫好きはもとより、猫に関心がない方の胸にも響く書籍ばかりだ。ぜひ、どこかで見かけたら、手に取っていただきたい。

誰もが気づきたくない孤独

私のとっておきシネマ、という依頼をいただき真っ先に思い浮かんだのは「タクシードライバー」だった。

作品の主人公は、元海兵隊員でベトナム帰りの男、トラヴィス・ビックル。演じるのは、名優ロバート・デ・ニーロだ。彼はマーティン・スコセッシ作品で、はじめて主役を務めている。

不眠症を患うトラヴィスは、ニューヨーク市を走るタクシードライバーの仕事に就く。夜の街を走る彼は、人生の不条理、理不尽さ、汚さに怒りを覚えながらも、それをどのように吐き出せばいいのかわからず、ひたすら夜の街で客を拾う。

映画の大半は、夜の街だ。カメラはトラヴィスの目に映る光景を、魅惑的に映し出す。男を誘う娼婦《しょうふ》、女をいやらしく揶揄《からか》う男、酒におぼれるアル中。陽の下では目を背けたくなる光景だが、夜の闇とネオンを纏うと、ひどく魅力的に見えてくるから不思議だ。

トラヴィスは、大統領選挙のキャンペーンを手伝っているベッツィーに心を惹かれる。ベッツィーを演じるシビル・シェパードが美しい。容姿、物腰、知性の三拍子を備え、男なら誰もが自分のものにしたいと思うであろう女性像を見事に演じている。夜の街に身を置くトラヴィスにとって、ベッツィーは自分が陽の下で生きるために必要だったのかもしれない。

トラヴィスは彼女にアプローチをする。彼にとっては自分の人生を賭けたギャンブルとも言える行動だが、これがトラヴィスの転落のはじまりとなる。

トラヴィスとベッツィーのはじめてのデートを観る者は、出自、育ちの格差を目の当たりにすることになる。それらは人がこの世に生まれ落ちるときになにひとつ自分が選べないものであり、スコセッシは平等という言葉がこの世には存在しないことを観客に、静かに、残酷に突きつける。

ベッツィーから冷たく突き放されたトラヴィスは、次第に自分のなかにある狂気を解き放っていく。この描き方がすごい。ひっそりと、しかし、たしかに彼は正常な道から逸《そ》れていくのだが、彼の思考は狂っていながらも正論なのだ。正論を大声で唱える者の怖さを、スコセッシは夜の街を背景に、観客へ訴える。

そしてラスト、スコセッシはさらに、人間を強烈に皮肉る。トラヴィスは夜の街に立つ十四歳の少女、ジョディ・フォスター演じるアイリスと知り合う。トラヴィスはアイリスのヒモと、ホテルの部屋を管理している男を拳銃で撃ち殺すが、世間は彼を、少女を救ったヒーローとして報じる。トラヴィスを見下していた仲間たちは彼に一目置くようになり、かつて彼を冷たく振ったベッツィーさえも近づいてくる。トラヴィスはストーリーがはじまったときと、なにも変わっていない。むしろ、正常な道から逸れた彼の正義は、歪《ゆが》みを増しているように思える。にも拘《かか》わらず、マスメディアの報道で、まわりの評価が一転する。この表現は、情報に振り回される現代《いま》を痛烈に批判しているようだ。

「ひとり」を表現する言葉に「ロンリー」と「アローン」があるが、意味合いが違う。「アローン」は物理的なひとり、「ロンリー」は大勢のなかにいても感じる精神的な孤独だ。この作品は後者を抱える人間の寂寥《せきりよう》と虚無感、そこから生み出される狂気を見事に表している。誰もが気づきたくない孤独を、スコセッシは容赦なく引きずり出し、観る者の心を激しく揺さぶる。そして観客はトラヴィスとともに、独り、夜の街を彷徨《さまよ》うことになる。

「タクシードライバー」は、どうしようもない孤独に襲われたときに観たくなる映画のひとつだ。

青い炎を込めた作品

『凶犬の眼』は、『孤狼の血』の続編に当たる。

自著に「佐方シリーズ」と銘打つものがあるが、これは主人公である佐方貞人が、中年弁護士から検事時代の若かりし日へ逆行しているので、続きというよりスピンオフに近い、と自分では思っている。したがって厳密には、時系列に沿った続編を描くのは本作がはじめてとなる。

『孤狼の血』は悪徳刑事・大上《おおがみ》と、大上とタッグを組む若手刑事・日岡《ひおか》の物語だが、佐方シリーズを除く他の作品同様、これはこれで、完結するはずだった。だが、ありがたいことに、思いのほか反響が大きく、読者の方から「ぜひ続編を」との声をいただいた。

私はかねて、続きが読みたい——との読者の声が、なによりの賛辞であると思っている。だから、そうした声に背中を押されて続編執筆が決まったことを、素直に喜んだ。

しかし、構想を練るうち、すぐに大きな壁にぶち当たった。

前作の終わりで、若手刑事の日岡は、広島の県北にある駐在所へ飛ばされたことになっている。いわゆる左遷だ。

万引きすら起きそうにもない牧歌的な土地を舞台に、なにを描けばいいのか浮かばず、時代設定をもっと先にして、駐在から所轄に戻った日岡を描こうか、とも考えた。

だが、どうもしっくりこない。

人が何かを受け継いだとき、それを真に自分のものにするには時間がかかる。そう簡単にはいかない。きっと日岡も苦悩したはずだ。その悩む日岡を描かずして、ぽんと成長した日岡を描くには抵抗があった。

しかも、時代を暴力団対策法の施行以後（平成四年）に設定すると、警察と暴力団の間に、厳然とした一線が引かれてしまう。主人公の日岡とヤクザの絡みは、前作以上に描きにくくなる。また暴対法施行以後、大きな暴力団抗争は起きていない、という現実もあった。

思案の末、舞台は山奥の駐在所、時代は前作から二年後の平成二年に決めた。腹も舞台も時代も固まったのに、続編にはまた別の、大きな悩みがあった。

迷う日岡をどう描くか、である。

あまりうじうじしても、日岡らしくない。かといって、堂々としすぎるのも、らしくない。日岡の立ち位置をどう描くかで、本作の成否は決まる気がした。

時間は刻々と過ぎ、連載の締め切りは容赦なくやってくる。とにかく書かねば——迷いながら、原稿に向かった。

この迷いは、連載終了まで続いた。

連載が終わったあと、編集者と打ち合わせをした。

「柚月さん、この部分、迷いながら書いたでしょう。日岡も迷ってますよ」

私の迷いが作中の日岡にそのまま出ている、というのである。改めて読み返すと、まさにそのとおりだった。日岡がぶれているのである。

編集者の意見をもとに、大幅に改稿した。迷いが消えたからか、単行本になった日岡は、ぶれていなかった。しっかり迷い、思い切り悩み、潔く決断している。まさに、私が描きたかった日岡がいた。

『孤狼の血』が赤い炎だとしたら、『凶犬の眼』は青い炎だと思う。赤い炎のほうが青い炎より猛々《たけだけ》しく見えるが、温度は青い炎のほうが高い。本作はそんな熱量を持つ作品だと信じている。

日岡とともに悩みながら書き上げた作品を、どうか多くの方に読んでいただきたい。

映画「孤狼の血」によせて

映画「孤狼の血」を観て、心が火傷した。深度は一番深いⅢ。熱さは心の一番深いところまで達し、その痕は消えない。心に一生残る。

小説『孤狼の血』を書いたきっかけは、ヤクザ映画の金字塔「仁義なき戦い」にある。

はじめて観たとき、その迫力に脳天をかち割られるほどのショックを受けた。

いつかこんな熱い小説を書きたい——その一心で本作を書きあげた。

映画「孤狼の血」を観たとき、「仁義なき戦い」を観たときと同じ、いや、それ以上ともいえる衝撃を受けた。

見事な脚本と、原作を超えるハードな描写、生き残りを賭けた男たちの苛烈な戦い。それを取り巻く女たち。一瞬たりとも、スクリーンから目が離せない。

なかでも大上役の役所広司さんと日岡役の松坂桃李さんの演技は圧巻だ。ふたりの関係性は物語が進むにつれ変化し、観客を強烈に、なおかつ自然に、ある方向へと導いていく。

そして物語は終盤、圧倒的な力で観る者の心を鷲摑《わしづか》みにし、激しく揺さぶる。

正直、号泣した。見終わったあと放心状態のまま、すぐさま外へ出た。ひとりになって、火傷した心を一生懸命、冷やさなければならなかったからだ。

このあとの日岡を、もう一度大上を、生き残りを賭けて戦う男たちを、スクリーンで観たい。

そう強く思わずにはいられない。再びスクリーンで彼らに逢えることを、切に願っている。

「オヤジ」と呼ばれる世代を書くときが一番萌えます

今大変な将棋ブームですが、二〇一五年の八月に『盤上の向日葵《ひまわり》』の連載を始めた当時はそれほどでもなく、編集者にあまり歓迎されませんでした。ましてや私は駒の動かし方くらいしか知りませんでしたが、どうしてもこの作品を書きたかったのです。

私たちが暮しているこの世界は理不尽なことに満ちていますが、将棋はどこまでもフェアな勝負の世界です。生まれた時から不平等なところに生まれ落ちて、必死にもがいてあがいて生きようとする人間と、盤上では誰でも対等に戦うことができる将棋の世界。この二つがせめぎ合うさまを描きたいと思いました。

執筆中に竜王戦を観戦した時は、派手な動きはないけれども、棋士の方から放たれる戦う熱量に圧倒されました。ＡＩがどんなに進歩しても、棋士が全身全霊をかけて指す一手のような感動は生まれない。やはりそこには人生があるんです。

以前、ゴッホの「ひまわり」を見たとき、自分の魂を削って一筆一筆絵具を乗せていくような油絵のタッチが心に残ったんですね。将棋も終局に向かって一手ずつ積み上げていく。そのイメージが重なって物語が動き始めました。光が当たっている人に影がないわけじゃない。ゴッホの「ひまわり」も色彩は明るいのにどこか影があります。

東大卒のＩＴ社長、異端の天才棋士……そんなきらびやかな光と、その裏に色濃く貼りついた影。『盤上の向日葵』は、傷つき、欠けたものを抱えて戦う男たちの物語ですが、ある人物の傷口は長い時間をかけても塞がらず、ずっと膿《う》んだままです。

今年(二〇一八年)でデビュー十年目ですが、役所広司さん主演で映画化された『孤狼の血』の暴力団抗争など男臭い世界を書くせいか、お会いした書店員さんから「加賀まりこさんみたいな方かと思ってました」と言われます(笑)。自分でも「オヤジ」と呼ばれる世代を書くときが一番萌《も》える自覚があります。子供の頃から好きな漫画は『あしたのジョー』、好きな映画は「仁義なき戦い」ですから、筋金入りですね。

疲れたとき、私は広島へ行く。

広島は私にとって、第二の故郷である。勝手にそう思わせていただいている。

理由は三つ。

ひとつは、映画になった『孤狼の血』(角川文庫)の舞台だからだ。『孤狼の血』は暴力団と悪徳警官の闘いを描いた作品で、ジャンルをつけるならば、ハードボイルド・ミステリーとなるのだろうか。

この作品を描こうと思ったきっかけは、東映が誇る日本映画の金字塔「仁義なき戦い」にある。デビューして間もない頃にレンタルで観たのだが、観終わったあと、映画の熱量に圧倒されて、しばしのあいだ、なにも映っていない画面を見つめていた。

男たちが生き残りをかけて争い、裏切り、命を奪いあう——迫真の残像が、いつまで経っても消えなかった。ヤクザたちのそうした群像劇を盛り上げるのが、広島弁だ。

作家として、言葉は命といっても過言ではない。自分の頭のなかにしかない光景、登場人物の仕草、心情を、言葉を繋ぎ合わせて表現する。『孤狼の血』を書くにあたって、前取材で広島を訪れた。広島出身の友達に「本場の広島弁はどこで聞けるのか」と訊ねると、彼女は「マツダスタジアム」と即答した。「特に、カープの旗色が悪いと、きっとあなたの望む広島弁が聞ける」笑顔を見せてそう言った。

はたして、彼女の言うとおりだった。真っ赤に染まった球場には、圧倒的な熱量があった。荒っぽい野次でさえも、「仁義——」ファンの私には魅力的に感じられた。マツダスタジアムを出てすぐ、ああ、自分も広島弁を使いたい、と思った。

ふたつ目は、広島という地が持つ、不朽の雑草魂だ。

球場で野球を観戦した翌日、広島平和記念資料館を訪れた。来たいと思いながらも叶わず、はじめての訪館だった。

資料館のなかは、想像を絶する、悲惨な展示物に満ちていた。原爆の恐ろしさ、戦争の怖さを、嫌というほど教えられた。世の中にこれほどの悲劇があったのか、と声を失った。

なかば呆然《ぼうぜん》と、資料館を出た。しばらく立ち尽くすしかなかった。見上げれば、夏のぎらつく太陽と晴れ渡った青い空。眼前には、立ち並ぶビルと車の群れ、道行く人々の姿——いつもと変わらぬ日常が、そこにあった。

私は岩手県の出身だ。二〇一一年三月に起きた、東日本大震災の被災地である。

実家があった沿岸は津波の被害が甚大で、町そのものがなくなった。家屋や消防署といった建物は瓦礫《がれき》と化し、多くの亡骸《なきがら》が並んだ。冷たい海風を遮るものはなく、生き物の気配がない。もうだめだ、人も町も立ち直れない、そう思った。

だが、資料館を出たあと目にした広島の街を見て、東日本の被災地はきっと復興できる、そう感じた。七十五年は草木も生えないと言われた土地に、いま人は行き交い、笑い、泣きつつも、生きている。

ここまで立ち直るまでに、どれだけの涙が流れたのか。何人が悲しみに打ちひしがれたのか。そう考えたとき、この土地が持つパワーを感じた。そして、勇気をもらった。きっと被災地も、いつの日か復興できる。そう信じることができた。

二〇一八年の夏、広島は大きな災害に見舞われた。大雨のためにたくさんの家屋が倒れ、人の命が奪われた。でも、きっと広島は立ち直る。悲しみと涙を乗り越えて、立ち上がる。その力が、広島にはある。踏まれても倒れても、そのたびに歯を食いしばって立ち上がってきたのが、広島の、そしてカープの歴史だ。

三つ目は、人の温かさだ。

私は自他ともに認める方向音痴である。はじめて広島を訪れたときも、かなり道に迷った。そのたびに地元の方に教えていただいたのだが、どなたもとても、丁寧で優しかった。

そう、まるで昔からの友達であるかのように。

転んだことがない者は人の痛みがわからない、との言葉がある。

多くの痛みと悲しみを、広島は知っている。

疲れたとき、私は広島へ行く。温かさと勇気を貰うために。

故郷とはそういうものだ。

日々是挑戦〈1〉

写真付きのエッセイの依頼をいただき、十年ぶりにカメラを手にした。Canon EOS 5D。クローゼットのなかで埃《ほこり》を被っていたものだ。亡き恩人が使っていたカメラだが、訳あって私が所有している。

「写真は写すのではなく、撮るものだ。ただ、シャッターを押すのではなく、自分はなにに関心があり、なにを撮りたいのかわかっていなければいけない」

　恩人の教えである。

　私は物書きを生業《なりわい》としているが、表現という意味では、文章も写真も同じだと思っている。

「日々是挑戦」は、文章に写真という手法を加えて、自分が感じたことを表現していく。自分にとってはじめての挑戦だ。

　人は未知のものに恐れと魅力を抱く。私も不安と喜びを抱えながら、色々なものに挑戦していくつもりだ。自分の愛車にカメラを積んで、様々な場所を巡りたい。

日々是挑戦〈2〉

五十歳目前で、ゴルフをはじめた。

私には、これといって得意なスポーツはない。それどころか、いままでまともに運動をしたことすらない。

そんな私がゴルフをはじめたきっかけは、先輩作家の大沢在昌《おおさわありまさ》さんのお勧めがあったからだ。長年の運動不足で心身ともにヘロヘロになっている後輩を、見るに見かねてアドバイスしてくださったのだと思う。

最初は年齢を理由に尻込みをしたが、はじめてみるとこれが想像以上に面白い。

当たらないボールに苛立《いらだ》ち、なんとか飛ばそうと躍起になり、いい当たりが出るとものすごく気分がいい。気づくと、三日で八百五十球ほど打っていたこともある。それほど夢中になった。

練習を重ね、十一月に見事、コースデビューを飾った。写真はそのときのものである。気になる初スコアは――いずれまた。

今回の経験で、私は学んだ。「案ずるより産むがやすし」ならぬ「悩むよりするが楽し」。人生、やったもん勝ちだ。私のゴルフへの挑戦はまだまだ続く。

日々是挑戦〈3〉

「うちの子もっと可愛いのに、どうして写真だといまひとつなんだろう」

ペットを飼っている方ならば、誰もが一度は思ったことがあるはずだ。かくいう、私もそうである。

私は二匹の愛猫を飼っている。彼女たちは、なにをしても可愛い。あくびをしても、トイレに入っていても、とにかく可愛い。その愛らしさをカメラに収めたくて、いつも写真を撮っている。その数は計り知れない。それなのに、気に入った写真がない。

カメラが悪いのか、私の腕が悪いのか。考えた末に、ひとつの理由を思いついた。私の「可愛い」という感情は、彼女たちの姿形ではなく、存在そのものに抱いているのではないか、ということだ。

二匹は、いつも私のそばにいてくれる。悲しいときも、怒っているときも、楽しいときも。その温もりがたまらなく愛しいのだ。

心を形にするのは難しい。ならば、私が求めている写真を撮れないことにも納得がいく。でも、私は今日もシャッターを切る。彼女たちの温もりが溢れる写真を撮るために。私の挑戦は続く。

日々是挑戦〈4〉

私はお米が好きだ。

食事の内容で、銘柄を変えているほどである。

先日、念願の土鍋炊飯デビューを果たした。出先で、土鍋で炊いたご飯をいただくことがあるが、これがとても美味しい。蓋を開けた瞬間に立ち上る湯気とお米の香りを思い出すと、原稿を書いているいまもよだれが出てくる。

「私も土鍋でお米を炊きたい」と長く思ってはいたのだが、土鍋ご飯は水と火加減が難しいと聞き臆していた。が、先日、思い切って炊飯用の土鍋を買った。

不安を抱きつつ炊いた結果――右上の写真をご覧いただきたい。見事、美味しいご飯が炊き上がりました！

お米は一粒一粒立ち上がり、艶やかで、甘みが強い。あまり自分を褒めないが、今回だけは「よくやった、私！」と心で叫んだ。

とはいえ、炊きたてのご飯を口に入れながら、次から次へと欲が出てくる。もう少しお水を減らしてもよかったかな、とか、今度は炊き込みご飯を作ってみたい、とか。美味しいご飯を求める私の挑戦は、まだまだ続く。

日々是挑戦〈5〉

仕事で岩手県釜石市を訪れた。私の生まれ故郷だ。

ＪＲ釜石駅と三陸鉄道釜石駅——通称さんてつ、の駅舎のあいだに、ラグビーボールと猫をモチーフにしたモニュメントがある。三陸鉄道復興を目指した有志の方々が制作したものだ。猫たちは、ラグビーチーム、釜石シーウェイブスの選手と監督をモチーフにしたという。

さんてつは、日本で最初の第三セクター鉄道だ。東日本大震災で、甚大な被害を受け、一時、鉄道廃止の危機に陥った。が、この春（二〇一九年）、久慈《くじ》駅から盛《さかり》駅までがひとつに繋がり、日本で一番長い第三セクター鉄道として蘇る。

ほかにも県内では、花巻釜石間を繋ぐ復興道路や、宮城と岩手の沿岸を繋ぐ三陸沿岸道路が順次開通する。

真の復興は、鉄道や道路、施設の充実だけでなく、その土地で暮らす人々の心が豊かであることだ。道は人々の喜び、悲しみなど、様々な想いを運ぶ。新たに開通する道が、温かい気持ちをたくさん運ぶ道になるよう、心から願っている。

日々是挑戦〈6〉

「着物は日本の民族衣装。この国の人を一番美しく見せるものなのに、どうしてみんなもっと着ないのかしら」

そう言ったのは、山形の老舗クラブのママだ。

着物に縁がない暮らしを送ってきた私は、その言葉に深い感銘を受けた。すぐさま呉服屋に駆け込んで、夏着物を一式そろえた。茄子紺色の絽《ろ》の小紋である。

一か月後に手元に届き、うきうきしながら着てみた。が、これが驚くほど似合わない。反物で合わせたときは、馬子にも衣装だった。それなのに、どうしたというのか。

鏡の前でしばし悩み、気づいた。私が着物を、着こなせていないのだ。裾さばき、歩き方、座り方がぎこちなく、みっともない。着こなしは一日にしてならず、何事も身につけるためには時間が必要なのだ、と知った瞬間だった。

それから、機会があれば、なるべく着物を着るようにしている。まだまだ様にならないけれど、少しずつ立ち振る舞いを覚えていくつもりだ。

着物は奥深く、知れば知るほど、魅力は尽きない。私の着物への挑戦は、まだまだ続く。

日々是挑戦〈7〉

なにかをできない自分を、ずっと責めてきた。完璧な人間はいない、とわかっていても、許せずにいた。

このあいだ、台湾に行ってきた。台湾に決めたのは、ある程度は日本語が通じる、と知人から聞いたからだ。その「ある程度」を私は勝手に、日本語でスムーズな会話ができる、と思いこんでいた。

入国当日から、私は困惑した。た

しかに、日本語を話せる方はたくさんいる。そうでない方とも、知っている中国語と英語、筆記、ジェスチャーで用件は通じる。が、細かなニュアンスまでは、なかなか伝わらない。相手に気持ちが思うように伝わらないことは、自分にとって想像以上に苦しかった。

困った末に、私は開き直った。ここは海外なのだ。言葉が通じなくてもいいじゃないか。堂々と、できません、と相手に伝えて、助けてもらえばいい。

そう思ったら、気持ちが楽になった。やっと台湾に来たことを実感し、心から楽しめた。

帰国前日、出先からホテルまで歩いて帰った。道端に犬がいた。ぎこちない言葉で話しかけた。

「我要再来」

犬が大きなあくびをした。

日々是挑戦〈8〉

白神《しらかみ》山地へ行ってきた。

青森県と秋田県にまたがる、世界自然遺産だ。広大な山地に原生的なブナ林が広がり、様々な動植物が生きている。

昔から自然遺産に興味があり、白神山地は行きたい場所のひとつだった。念願が叶った旅である。

案内所で、地元のガイドさんから入山のマナーを教わり、一緒に散策へ出かけた。

林に入ると、深い緑と湿った土の匂いに包まれた。肌に触れる空気はひんやりとし、いろいろな鳥の声が聞こえる。

息を切らしながら山道を登っていくと、続いていた日陰が途絶え、明るい場所に差し掛かった。顔をあげると、頭上にぽっかりと丸い空がある。

「ギャップです」と、ガイドさんが教えてくれた。樹木が枯れて葉が落ち、その上に隙間ができる。そこから陽が差し込み、地面に新たな草木が生える。その状態をそう呼ぶという。

陽があたる地面に、若木や山野草が芽吹いていた。太古の昔から続く命の繋がりに、神聖な気持ちになる。

まだまだ観たいものが、世の中にはたくさんある。ゆっくりでいいから、ひとつひとつ叶えていきたい。

日々是挑戦〈9〉

ひと口に海といっても、様々な海がある。

太平洋、日本海、瀬戸内海、オホーツク海など、国内だけでもその様相は違う。天候によっても変わるし、季節によっても異なる。

私が海で真っ先に思いつく場所は、少女のころに眺めていた狭い入り江だ。

転校が多く、新しい土地に馴染め

なかった私は、家の近くに小さな入り江を見つけた。漁船の船着き場から狭い浜辺を、奥へ奥へと進んでいくと、そこはある。山の斜面の真下にあり、浜辺にせり出している樹木の枝が、ちょうどいい木陰をつくっていた。辛いことがあると入り江に行き、浜に打ち上げられた流木に腰かけて過ごした。

ひとりで波の音を聞いていると、ざわついていた心が落ち着き、固くなっていた身体から力が抜けていく。そして、ああだったらいいのに、こうだったらいいのに、と想像することで救われていた。

その入り江は、もうない。いまは防潮堤が、張り巡らされている。でも、行こうと思えばいつでも行ける。あの入り江は、私の心のなかにある。

日々是挑戦〈10〉

ラグビーの取材で、二〇一九年七月にウェールズに行ってきた。ウェールズは、ロンドンから鉄道でおよそ二時間半のところにある「国」で、ラグビーの強豪国だ。

首都のカーディフは人口三十五万人の賑《にぎ》やかな街だが、中心地から少し離れると、長閑《のどか》な田園風景が広がる。厚い雲が低くとどまり、どこまでも広がるなだらかな丘に放牧されている羊が点々と見える光景は、絵画のようだった。

カーディフに着いて最初に目についたのは、案内板の文字だ。英語表記の上に、見慣れない綴りが記されている。前取材で調べたときに知った、ウェールズ語だった。

ウェールズの歴史は古く、原住者はケルト諸族だが、十三世紀末にイングランドに制圧され、その統治は、ウェールズに独立した行政府が発足する一九九九年まで続く。

統治下において、自分のルーツとなる文化を失いかけた人々は、音楽や文学などウェールズ独自の文化の保存に努めた。そのひとつが、ウェールズ語だ。国民のウェールズ語に対する意識は高く、カーディフには、ウェールズ語に関心のある者が集うラグビーチームがあるぐらいだ。

今回の滞在中に、そのチームを取材した。次号で、その様子を書こうと思う。

日々是挑戦〈11〉

ラグビーの取材で、ウェールズの首都カーディフに行ってきた。カーディフは緑と自然に囲まれた美しい街だが、なかでもカーディフ城と隣接しているビュートパークには、多くの市民や観光客が訪れる。

芝がきれいなグラウンドで、ラグビーの練習をしているチームに話を聞いた。ウェールズ語に関心がある者を募っているチームだという。

数人のメンバーに、このチームに入った理由を訊ねた。ある若者は「自分の祖先が使っていた言葉を、僕も使いたいと思ったからさ」と、朗らか

に笑った。

ウェールズ北部にあるスノードニア出身という男性は「ウェールズが好きだから。それだけだよ」と、真面目に答える。

練習後、彼らがよく行くというパブで、ビールを一緒に飲んだ。集まってくれた十二名ほどの彼らに、国歌「ランド・オブ・マイ・ファーザー」を歌ってほしい、と頼んだ。

カーディフには、七万人が収容できるミレニアム・スタジアムがある。ウェールズ代表の試合があるときは、選手と試合を観にきたファンが、一丸となって国歌を歌うのだが、その歌声は、相手のチームが萎縮するのではないか、と言われるほど力強く大きいという。

いきなり国歌斉唱を頼まれた彼らは、最初遠慮がちだったが、やがて胸を張り雄々しい声をあげた。その顔はみな、誇りに満ちていた。彼らの歌声を聞きながら、自分に誇れるものはあるか、考えた。

日々是挑戦〈12〉

店頭に、来年の手帳やカレンダーが並ぶこの時期になると、今年はどんな年だったか考える。いいことと、そうではなかったことを秤《はかり》にかけて、一喜一憂する。穏やかに一年を振り返ることができる年もあれば、立ち上がれないほど苦しんだ年もある。が、どのような一年だったとしても、一瞬でもいいから、生まれてきてよかった、と思える時間があったらそれでいい、と思うようにしている。

人はときに地面に這いつくばり、泣き叫び、悲しみに暮れる。でも、わずかな希望の光に救われ、生きる喜びを感じる。その時間は、瞬《また》きであり永遠だ。

日々是挑戦は、今号で最終回となる。読者のみなさまには、私の身辺雑記に一年間お付き合いいただき、心から感謝している。

エッセイは終わるが、私の挑戦はずっと続く。まだまだ、知りたいことがたくさんある。見たいものがいっぱいある。人生いろいろあるけれど、諦めずに牛歩でいいから前に進むことが、自分の成長に繋がると信じている。

誇りの強さ

ラグビーの取材でウェールズを訪れた。

羽田《はねだ》から片道およそ十二時間かけてヒースロー空港に降り立ち、パディントン駅から鉄道で約二時間半のところに、首都のカーディフはある。かつて炭鉱で栄えたが、時代の波とともに衰退し、いまは歴史ある古城と長閑な田園風景に囲まれた静かな街だ。

街のなかをタフ川と呼ばれる大きな川が流れ、かつてカーディフ城の敷地だった場所は広大な公園になっている。そこではラグビーをはじめ、サッカーやキャッチボールといった様々なスポーツを楽しむ人々の姿がある。

建物は古い石造りのものが多く、街灯や店先に飾られた色とりどりの花が目に美しい。

街を散策していて最初に目に留まるのが、案内図の文字だ。英語で表記された文字の上に、見慣れない単語がある。ウェールズ語だ。

ウェールズ語はケルト語に属し、広く使われていた。十三世紀末のイングランドによる制圧、十六世紀の併合後に公的な場での使用を禁止されるが、時間とともにウェールズ文化を保存するべきだという声が高まり、一九九三年に英語同様の使用言語に認められている。

次に印象的なのが、ウェールズの国旗だ。表通りはもちろんのこと、裏路地や店のなかなど、至るところに赤いドラゴンの旗が揺れている。自国の旗が街中で掲げられている光景は、日本では馴染みがないものだった。

取材は、カーディフに入った翌日から行った。

地元のラグビーチームや、メンバーが集まるパブ、国立競技場でラグビーウェールズ代表のホームスタジアムであるミレニアム・スタジアムなどを訪れて、関係者に話を聞いた。

性別、年齢問わず、話を聞いたあとに同じ質問をした。

「あなたにとって、ラグビーとはなんですか」

ある人はすぐに、ある人は考えながら答えてくれた。ラグビー関係者の男性は「ラグビーは自分の人生だ」と言い、ラグビーファンの女性は「そんなこと考えたこともない。なぜ水を飲むのか、と同じ質問ね」と答えた。

答えはそれぞれだが、彼らに共通している言葉があることに気づいた。

「誇り」だ。

答えてくれた人々は、ラグビーはウェールズの誇りだ、とみな胸を張る。その表情は、堂々として晴れやかだった。

ウェールズの歴史は、侵略との戦いともいえる。原住のケルト諸族は、ローマ人やゲルマン人に侵襲され、イングランドに制圧された。ラグビーと母国語の復活は、ウェールズの人々にとって、自分のアイデンティティを取り戻す大切なものなのだろう。ある人が口にした「ラグビーはワールドカップで勝つより、イングランドに勝ったときのほうが嬉しい」との言葉が、それを物語っている。

彼らを見ながら、自分はなにかに誇りを持っているか、と自問した。

自信を持ちたい、と思うことは数多くある。が、自信と誇りは、似て非なるものだ。自信は対する人や場面において自分が強くなるものであり、誇りは対するものがなくても、強くなれるものだと思う。

ウェールズのラグビーを語る人々と、街中にはためく国旗を見ながら、自分はなにを誇りに思うのか考えた。自分の人生か、作家という仕事か、もしくは違うなにかか。

答えはまだわからないが、誇りに思うものができたときに、自分は揺るがない強さを得られるように思う。

日本ではこの秋（二〇一九年）ラグビーのワールドカップが行われる。きっと多くの人が、ラグビー強豪国のラガーマンたちの、全力で試合に挑む姿に感動するだろう。自分も、彼らの誇りを賭けた熱い闘いに、酔いしれたいと思う。

生きようとする姿のまぶしさ

講演のご依頼があり、北九州市の小倉《こくら》にある松本清張記念館を訪れた。展示されている資料は見ごたえがあるものばかりで、清張文学がここにすべてある、と言えるほど充実していた。

なかでも印象に残ったのが、資料のメモだ。分厚い手帳には、設定や時系列などが事細かく書かれていて、清張が作品にかけていた熱量の片鱗《へんりん》に触れることができる。数多の名作がこのメモから生まれたと思うと、胸が熱くなった。

清張の七百作を超える作品のひとつに『砂の器』がある。説明の必要がないほど有名な作品だ。今年（二〇一九年）は、新聞連載開始から六十年という節目の年だが、作品の色褪せない魅力はかわらない。映画やドラマがなんどもリメイクされているのが、そのひとつの証だろう。

『砂の器』をはじめて知ったのは、テレビで放送していた映画だった。橋本忍と山田洋次の両氏が脚本を務めた松竹映画で、犯人を追う刑事を丹波哲郎、天才音楽家を加藤剛が演じている。

当時、小学校低学年だった少女には、作品で描かれている貧困、差別、欲望といった人間の業を理解するのは難しかった。が、粗末な身なりの父親と息子が、浜辺を淋しそうに歩いていく後ろ姿は、目に焼きついた。

小説『砂の器』を読んだのは、高校のときだったと記憶している。まだ子供の域を脱していないが、自分なりに人の出自や生い立ち、偏見、貧富が生み出す憎悪などを考えるようになっていたときに読んだ作品は、映画とは違った形で心を震わせた。

清張作品は、歳を重ねるごとに重みを増す。生きるなかで、清張がテーマにした、人間が根本的に抱える問題と、望むと望まざるとにかかわらず対峙《たいじ》するからだ。

人生の闇に包まれたとき、清張作品は胸に響く。清張の小説には、苦境に耐え、必死にもがき、あがく人々が出てくる。彼らを見ていると、生きることより生きようとする姿がなにより尊い、と思えてくる。

小学生のときに『砂の器』を知った少女は、成長し、四十歳で作家デビューをした。

ありがたいことにいくつかの出版社からご依頼をいただき、いまも作家であり続けている。

書いてきた作品のなかに『盤上の向日葵』という作品がある。これは『砂の器』のような小説を書きたい、と思って執筆したものだ。おこがましいにも程があるとわかってはいたが、どうしても挑戦したくて、難色を示す担当編集者に頭をさげて書かせてもらった。作品の感想は読者の方にゆだねるが、チャレンジした勇気だけは認めていただきたい。

清張作品は、昭和から令和というみっつの時代を経てなお、多くの人に読み継がれる。人が生きるうえで抱える普遍的なテーマは、いつの時代も人の心に響き、愛されていくだろう。

どんなにみっともなくても、かっこ悪くても、人が生きようとする姿はまぶしい。名作『砂の器』連載開始六十年の節目に、いま一度読み返し、清張の世界にひたりたいと思う。

目に見えないものほど

可愛い猫が写っているが、写真右下をご覧いただきたい。おわかりいただけただろうか。私の足です。負傷した足だけではお目汚しなので、愛猫のアップを入れました。

先日、左足の親指を骨折した。靴を履こうとした拍子に躓《つまず》き、内側に曲がった親指に全体重が乗ってしまった。痛みと腫れがひどく病院を受診したところ、骨が折れていて完治二か月とのこと。日課になりつつあったウォーキングができなくなり、コロナの自粛で陥っていた体重増、体力減という負の連鎖に拍車がかかってしまった。電話で娘に自分の不注意を嘆いたら、ひと言「老化だね」。ショックを飛び越え「なるほど！」と納得した。

見た目の老いはわかりやすいが、身体の衰えはわかりづらい。コロナも老化も、ひっそりと忍び寄ってくる。名前を書いた旗を掲げて「ここにいるよ！」と叫んでくれれば、こちらも覚悟ができるのだがそうはいかない。目に見えないものほど、日頃の予防と対策が大事だ、と痛切に感じた今年の夏でした。

一手の重み

将棋の記憶を辿ると、亡き父に行き着く。

子供の頃、家には将棋が一組あった。どこにでもある家庭用のものだ。父の友人が来ると決まって縁台将棋がはじまった。将棋のことはよくわからなかったが、大人たちが子供のようにはしゃいだり本気で悔しがったりする姿が面白く、飽きずに眺めていた。自分も指したくて駒の動かし方くらいは覚えたが、なんど挑戦しても父には勝てず、つまらなくなってやめた。

改めて将棋に関心を抱いたのは、いまから七年ほど前(二〇一三年)だ。

「読売プレミアム」での連載が決まり題材を考えているとき、ふとしたきっかけで大崎善生さんの『聖《さとし》の青春』（角川文庫）を手にした。病で早世した村山聖さんの一生を通し、プロ棋士になるのがいかに難しく、将棋の世界がどれほど厳しいかを知った。その本を読むまでは、映画「麻雀放浪記」が好きなことから、題材を麻雀にしようかとも思っていた。が、将棋のどこまでもフェアなところに強く惹かれ、将棋に決めた。それが中央公論新社から刊行した『盤上の向日葵』だ。

将棋は、振り駒、封じ手、残す時間など対局に関するすべてに厳密な決まりがあり、両者にフェアにできている。年齢や体格の差で、対局の条件はかわらない。自分の棋力のみで相手と闘い、負けても誰のせいにもできない。その過酷さと孤独、それを超える情熱、ひりひりとした勝負の世界を書きたかった。

『盤上の向日葵』の執筆中に、タイトル戦の取材をさせていただいた。二〇一六年の第二十九期竜王戦第三局、渡辺明竜王と丸山忠久九段の対局だ。

対局場は山形県天童市のほほえみの宿　滝の湯。対局室は竜王戦のために作られたといわれている竜王の間だ。

うまれてはじめてのタイトル戦の観戦だったが、あれほど緊張したことはない。

ロビーやほかのフロアは和やかだが、竜王の間がある階は違う。エレベーターを降りたとたん、ピリッとした空気が張り詰め、通路にまで対局の緊張が伝わってくる。床にはじゅうたんが敷かれているが、万が一にも足音を立ててしまうのが怖くて、靴を脱いで奥へ進んだ。

控室には立会人の佐藤康光九段と解説の広瀬章人八段がいらした。ご挨拶して対局室へ向かったが、部屋に入った瞬間、息をつめた。

襖一枚で隔てられた空間は、息をするのも躊躇われるほどの張り詰めた空気に満ちていた。渡辺竜王も丸山九段も、身じろぎもせず盤上を見つめている。あまりの凄みに、身体が震えそうだった。

静まり返った対局室に、駒の音だけがする。プロ棋士はこの一手のために、どれほどの辛さと悔しさを経験してきたのか。そう思うとプロ棋士が指す一手の重みを強く感じた。

ＡＩがいかなる好手を指しても、プロ棋士の一手の魅力には敵わない。人が将棋に魅了される理由は、巧《うま》さや強さだけではない。指す者が積み重ねてきた努力、考え抜いて出した決断、将棋にかける情熱に感動するからだ。

人が必死になにかに挑む姿は、人の心を打つ。将棋はこれからも多くの人を魅了し続けるだろう。私もそのひとりだ。

ポーチの中身

このたびエッセイの依頼をいただき、考え込んでしまった。テーマは「いつの間にかずっと家にある/使っているアイテムについて」だが、すぐに思いつくものがなかったからだ。

私は物に対する執着があまりない。子供のころから引っ越しが多く、そのたびに処分しなければならなかったことが、関係しているのかもしれない。

いろいろ考えて、ひとつ思いついた。亡くなった母が使っていた猫のポーチだ。

母は十九歳で父と結婚し、兄と私を産んだ。ずっと専業主婦で、結婚してから働いたことはない。そう聞くと家が裕福だったと思う人もいるだろうが、むしろ逆だ。家族四人の暮らしが父ひとりの肩にかかっているのだから、生活は楽ではなかった。

働けない負い目を感じていたのか、母は日々倹しく暮らしていた。私が学校で着ていた運動着を手直しして自分の部屋着にしたり、着られなくなったセーターや洋服をほどき、こたつカバーなどを作っていた。自分が自由に使えるお金があるわけもなく、唯一の楽しみは図書館から借りてくる書籍だった。

その母が、あるときから五百円玉貯金をはじめた。五百円硬貨が手に入ると貯めておくのだ。その入れ物が猫のポーチだった。

私は二十一歳で結婚し、それを機に実家がある岩手県から山形県に移り住んだ。

私には、胸を張れる学歴や資格がない。条件に見合う働き口はなく、母

と同じく生活費を節約したり内職をしたりして暮らしていた。

実家に帰れるのは、盆暮れくらいだった。当時は交通の便も悪く、実家までは片道七時間はかかる。高速代もばかにならない。年に二回の帰省が待ち遠しかった。

二、三日滞在して帰るとき、母はどこからか猫のポーチを持ってきた。なかには五百円玉が入っていた。枚数はまちまちで、十枚より多いときもあればそれより少ないときもあった。

自由にならないなかで捻出したお金を、私は受け取ることができなかった。「いらない」と言っても母は「いいから」と無理やり私の手に握らせる。断りながらも、当時の数千円が私にはとてもありがたかった。

五百円玉貯金は、母が五十五歳で他界するまで続いた。晩年は入退院を繰り返し、治療費もかなりかかったはずだ。しかし、母は五百円玉を貯め続けた。病院に見舞いに行くたびに、ポーチから硬貨を取り出し私にくれた。

このポーチの持ち主が私になったのは、母が亡くなった日だ。病室から運び出す母の荷物のなかに、このポーチがあった。なかには五百円玉が三枚入っていた。私はその三枚を、ポーチごともらった。

形見のように、一生大事にするつもりはなかった。母の死を受け入れ、物にすがる必要がなくなったら処分するつもりだった。その時期はとうに過ぎたのに、二十五年経ったいまも手元に置いている。

歳を重ねたいまなら、母がくれたポーチの中身はお金ではなくもっと大きなものだった、とわかる。ときおり机の引き出しからポーチを取り出し、亡き母を偲んでいる。

ふたりの自分

見捨てないで

震災直後、宮古市に住む両親と連絡がとれなくなった。固定電話が通じない。携帯も不通。停電のためテレビも映らない。いったい、なにが起こっているのかわからなかった。

混乱した頭で思いついたのがカーテレビだった。車に乗り込み、テレビをつけて茫然《ぼうぜん》とした。画面に、渦を巻く大波に飲み込まれる魚市場や、空を飛ぶはずの機体が船のように波に飲まれていく仙台空港、泥が混じった真っ黒い波に押し流される家屋が映っていた。

両親も私も三陸の生まれだ。幼い頃から津波の恐ろしさは聞いている。

しかし、目に映る映像は、私が想像していた津波ではなかった。すぐに宮古市に向かおうとした。しかし、無理だった。陸路は緊急車両以外は通行止め。なによりガソリンがない。

ネットラジオやテレビから得られる情報はすべて被災地外からのもので、なかからの情報はない。焦りと不安と苛立《いらだ》ちで、気持ちの持っていき場所がなかった。

宮古市に行けたのは震災から一週間後のことだった。実家があった場所は、辺り一帯なにもなくなっていた。町内の消防署がようやく建っていた。しかし、それも外側だけだった。町のすべてが遠く離れた山際にスクラップ状態で押しつぶされていた。

目に映る光景のすべてが、いままで生きてきたなかで培った常識が通用しないものだった。

固いコンクリートの電柱が粘土細工のように捻《ねじ》れ、骨組みだけになっていた。白い軽自動車がビルの二階に突き刺さり、傾いた屋根の上にさっぱ船が乗っている。小高い山の上には、置き網やうきが絡みついていた。

ガスの臭いが立ち込める瓦礫《がれき》のなかを、軍手と安全靴を身につけ両親を探した。

町の残骸のなかに、人々の生活が見えた。学校の教科書、犬のぬいぐるみ、靴、花瓶、食器。数日前まで誰かが使っていたものだ。泥や砂に埋もれている。遮《さえぎ》るものがなくなったせいで、海風が直接、身体に吹きつけた。乾燥したヘドロが舞いあがり目に入る。マスクをしていても、乾いた潮や生き物が腐敗した臭いが鼻をつく。

両親の姿を求めて、泥の更地となった町と遺体安置所を探した。両親が見つかったのは、震災から半月が過ぎてからだった。二週間後に母が、三週間後に父が、自宅が押し流された近くから自衛隊員により発見された。

毛布に包まれた遺体の上に、父が愛用していた腕時計がビニール袋に入って置かれていた。日付は十一日のままだった。

東北人の気質として「真面目で粘り強く根性がある」と言われる。東北はいままでに何度も津波に叩きのめされてきたが、持ち前の気質で立ち直ってきた。

しかし今回、岩手沿岸を車で回り、このたびの震災だけは自分たちの自力で立ち直るのは難しい、と思った。多くの人々の、そして国の助けがなければ、復興は無理だ。

生かされた者に課せられた課題は限りなく大きい。被災地への経済支援、地域の復興、原発問題、大事なものを失った者が抱える孤独。この課題を乗り切るには、どのくらいの時間がかかるのかわからない。

時間は人の味方にもなるし、敵にもなる。十年、二十年とこの震災のことを忘れないでほしい。どんなことでもいい。自分になにが出来るのかを考え、被災地に救いの手を差し伸べてほしい。
どうか見捨てないでください。

黙々と

岩手県宮古市に行けたのは、震災から一週間後だった。

実家があった場所にはなにもなかった。家どころか町そのものがない。

小高い山をひとつ越えたところにあるはずの浄土ヶ浜《じょうどがはま》の遊覧船が、数日前まで町があった陸地に打ち上げられている。いつもは浜に並んでいるさっぱ船が、砕けて至る所に転がっている。コンクリートの電柱は飴細工のように捩《ね》じれ、数えるほどしか残っていない建物は、なかがすべて空洞だった。

砕けた木材や布団、衣類、原形をとどめていない自家用車、割れた食器、沖にあるはずの浮き玉や網が地面を埋め尽くし、道と呼べるものが見当たらない。遮るものがなくなったため、強い海風が直接あたる。舞い上がるヘドロと消石灰が目に入る。漏れたガスや生き物の腐敗した臭いが、マスクを通して鼻を突く。壊れた家々の基礎の端に、町の残骸のなかから拾われたと思《おぼ》しき、泥だらけの位牌《いはい》や仏像が丁寧に置かれていた。

高台にある神社の上から、実家を探した。町はすべて、数百メートル離れた山際に圧《お》し潰されていた。屋根の形と壁の色から、ようやく実家と思われる家を見つけた。辺りに散乱する木材から突き出ている釘をふまないようにと、誰かが敷いた畳の道を渡り家の前に立った。一階はなく二階が地面の上にあった。八畳三部屋ほどの奥行きがあった家は、四畳半ほどの厚みも無くなっていた。

履いていた安全靴で、ひび割れた窓ガラスを割り、折れた柱を避けながらなかに入った。家のそばに打ち上げられていたさっぱ船に、持ちだした家財を並べた。父が身につけていた眼鏡や衣服、愛用していたデジタルカメラ、母が大事にしていた着物、泥にまみれたアルバムなどだ。だが、一番さがしていた両親は見つからなかった。

両親と会えたのは、震災から半月が過ぎてからだった。ふたりとも町が押し流された山際から、自衛隊員により発見された。見つかるまで時間が経っていたにも拘わらず、陸から見つかったことと寒い季節だったため傷みは少なく、毛布に包まれたふたりは、ひと目見て両親だとわかる面影を残していた。

平成二十三年三月十一日、海は国の、被災地の、多くの人々の、未来を示す羅針盤を飲みこんだ。被災地の経済支援、地域の復興、原発問題など、先が見えない課題を残した。

逝かねばならなかった者を、それがその人の運命だ、とするならば、震災により背負った課題と闘わなければならないのもまた、残された者の運命だと思う。

多くの人がそうであるように、私もまた、自分に課せられた運命を背負い、いまを黙々と生きている。

津波

私は三陸の出身だ。

新日鉄の高炉が盛んに動き、町が活気に溢れていた頃に生まれた。

両親も同じだ。父は山田町。釜石市から沿岸を北へ向かうこと、車で一時間くらいのところにある。漁業が中心の町で、浜沿いに防風林の松林がある。母は私と同じ釜石生まれで、八人兄弟の末っ子として生まれた。

三陸の人間は、津波の話を聞いて育つ。自分の祖父母や親類、先祖の誰かを必ず津波で亡くしているからだ。

私の曾祖父も、津波で亡くなっている。明治二十九年に起きた三陸大津波だ。

子供の頃、父は私を膝にのせながら、自分の父親——私の祖父から聞いた津波の話をしてくれた。

父の話によると、曾祖父は山田町で鰻《うなぎ》の養殖を営んでいた。いずれあたり一帯を養殖場にして、一旗あげようと考えていたらしい。酒が好きで、毎日、晩酌は欠かさなかったようだ。

その日も酒を飲み、早くに床についていた。夕方から降りだした雨は強さを増し、夜には軒から落ちる雨音で、話し声がよく聞こえないほどだったという。

夕飯を終えた頃、地震が起きた。

「大きな揺れで、まるで大男が手のひらで家を横にゆすっているかのようでした」

そう語ったのは、曾祖父の長女だ。当時、家には親兄弟含めて十人くらい住んでいたそうだが、助かったのはまだ十歳にも満たない私の祖父と、祖父の手を引いて高台に逃げた姉の二人だけだった。曾祖父を助けに行った曾祖母や他の者たちは、数日後、浦《うら》の浜《はま》で見つかった。

三陸は地震が多い土地だ。震度一や二くらいの微震などめずらしくはない。

地震が来る前触れは、寝ているときによくわかる。

夜、寝入っていると、ゴウゴウ、という音で目が覚める。地鳴りである。布団のなかで「ああ、来るな」と思う。一分も経たないうちに、ぐらぐらと来る。

多少揺れたくらいでは動じない。地鳴りの大きさで震度がどのくらいか、だいたい見当がついているからだ。大きな地震のときは地鳴りも大きく、ゴウゴウではなく、ゴオウゴオウと地の底から響いてくる。小さな地震のときは、小石を手のなかで転がしているような軽い音だ。

海がない地域であれば、地震が治まればそれで終わる。だが、浜や漁港がある町はそうはいかない。どんなに揺れが小さくても、昼夜問わず多くの者が浜へ向かう。

海で生計を立てている者は、たった十センチの津波でも恐ろしい。船が港に打ちつけられて、壊れてしまう恐れがあるからだ。食い入るように海の様子を見て、少しでも波が引くと船を沖へ出す。

父は漁師ではなく会社員だったが油を扱っていたので、地震が来ると深夜でも港へ出掛けて行った。沖にいるタンカー船が座礁して、油が海に漏れたら大変だからだ。

三陸の人間にとって、海は暮らしそのものだ。津波で多くの命を奪われ、ときに時化《しけ》で船を失っても、海から幸をもらい共存してきた。

震災後、吉村昭の『三陸海岸大津波』（文春文庫／『海の壁』改題・中公文庫）

を読んだ。

父は昔から吉村昭が好きで、以前から「読め読め」と勧められていた本だった。うなずきながらも時期を逃し、今になってはじめて読んだ。

そこには明治二十九年と昭和八年、昭和三十五年に起きたチリ地震によって三陸を襲った津波の記録が綴られている。当時、尋常小学校に通っていた子供たちが書いた作文が載っているが、文面から津波の恐ろしさと親しい者を失った悲しみが伝わってくる。

本書を読み「自然を前にして、人間には現在も過去もない」と思った。そこに記されている記録はまさに今回の東日本大震災そのものであり、被害状況や大事な者を失った者の悲しみ、瓦礫となった故郷を目の前にして茫然とする人々の孤独が描かれている。時代は違っても、人々の嘆き、悲しみ、やり場のない怒りは変わらない。

本書は、明治、昭和、チリ地震、十勝沖地震で津波を経験した、岩手県田野畑村《たのはたむら》の早野幸太郎氏の言葉で結ばれている。

「津波は、時世が変わってもなくならない、必ず今後も襲ってくる。しかし、今の人たちは色々な方法で十分警戒しているから、死ぬ人はめったにないと思う」

今回の東日本大震災で、田老町《たろうちよう》の十メートルを超す防潮堤も、ギネスに認定された釜石の湾口防波堤も崩れ去った。だが、津波から沿岸に住む人々を守ろうとして作られたそれらのものが、無意味だったとは思わない。津波で多くのものを失ってきた先人たちの祈りと願いが込められた防潮堤は、今回、多くの死者と行方不明者を出しながらも、津波到来の時間を遅らせ、大きな役割を果したと思う。

平成二十三年三月十一日、海は国の、何十万人という人間の未来を示す羅針盤を飲みこんだ。生かされた者に、被災地の救援、復興、原発問題など、背負いきれないほどの課題を残した。現状は過酷だ。しかし、残された者は目の前に突き付けられた課題を、克服していかなければいけない。どのくらいの時間がかかるかはわからないが、それが残された者の使命であり運命だ。

今回の震災で、私は両親を亡くした。親と実家を津波に飲まれた。海が憎い。憎くてたまらない。そう思いながらも、屹然《きつぜん》とした岩が聳《そび》え立つリアス式の海岸や、緑の松林、悠々と空を飛ぶカモメ、どこまでも広がる海原を見ていると美しいと思ってしまう。私もまた、背負わされたものの重みを感じながら、今は亡き先人たちと同じように、故郷の海と共存していくのだろうと思う。

あの日からのふたりの自分

今年（二〇一六年）の正月、一枚の年賀状が届いた。

故郷の友人からだった。

私は人生の半分以上を、生まれ故郷から離れた土地で暮らしている。子供の頃、親の仕事の都合で転校を繰り返していたこともあり、連絡を取り合っている学生時代の友人はほとんどいない。彼女は私にとって、時候の挨拶をはがきで交わす、数少ない同郷の友人のひとりだ。

年賀状の裏面には、可愛らしい猿のイラストが印刷されていた。その下に、手書きの挨拶文が添えられている。

――お元気ですか。こちらは変わりありません。

はがきを裏返して、住所を確認した。昨年と同じだ。市町名のあとに、仮設××の×番と書かれている。

彼女の自宅は、海から続く坂の上にあった。坂といっても、老人が登るに難儀するような急なものではない。自転車を漕《こ》いでいると、次第にペダルに抵抗を感じるくらいの緩やかな坂だ。

坂の横には川が流れていた。名前も思い出せないほどの小さな川で、山から流れ出る雪解け水や湧き水が海に注ぎ込んでいた。当時、中学生だった私は、川沿いの坂を上り、彼女の家によく遊びに行っていた。

彼女の家は、漁業で生計を立てていた。父親は船に乗り、母親は漁協で働いていた。母屋の脇にある納屋では、彼女の祖母が木の椅子に腰かけて、網や浮き球など漁具の手入れをしたり、獲ってきた昆布を茣蓙《ござ》の上に並べたりしていた。

私が知っている彼女の家族は、いつも働いていた。茶の間で寝っ転がったり、つけっぱなしのテレビに視線を送る姿など、一度も見たことがない。食事をしているとき以外は、常になにかしら身体を動かしていた。

「漁師さんの仕事って、大変だね」

休みなく働いている彼女の家族を見て、そう友人に言ったことがある。特に、まだ夜も明けきらないうちから船を出し、身体を張って漁をする彼女の父親を、私は称《たた》えた。

川沿いの坂を並んで歩いていた彼女は、ふいと、私から顔を背けてつぶやいた。

「かっこ悪いよ」

当時、思春期だった彼女は、年頃の少女の多くがそうであるように、父親を煙たがっていた。地声が大きく、普通に話していても怒鳴っているように感じる話し方や、胸元まであるゴム製のつなぎに身を包み、潮と油が染み付いたタオルをいつも首からぶら下げている服装など、父親のすべてにそのときの彼女は反感を抱いていた。

父親への不満を聞きながら、なにも言えず黙っていると、少し沈黙したあと、彼女がぽつりと言った。

「でもね、お父ちゃん、海が好きなんだって。好きなことを仕事にしているのは、いいよね」

私は俯いたままの彼女に、ことさら快活な声音を作って言った。

「お父さんがくれる魚、すごく美味しいよ。私、大好き」

彼女の家に遊びに行くと、ときどき、海の幸をもらうことがあった。彼女の父親が獲ってくる新鮮な魚や貝は美味で、実家の食卓に並ぶとあっという間になくなった。

私がそう言うと、彼女はしばらくのあいだ怒ったように唇をきつく結んでいたが、やがて、はにかんだように笑みを零《こぼ》した。

それから時間が過ぎ、二〇一一年三月十一日に東日本大震災が起きた。

彼女の父親が好きだと言っていた海は、多くのものをのみ込んでいった。坂の上にあった彼女の家も、彼女の父親が持っていた船も、駄菓子を買いに行っていた店も、背丈よりもはるかに高い防潮堤も、そして多くの命も、奪っていった。目に見えるものも、目に見えないものも、容赦なく奪っていった。

実家があった岩手県宮古市に入ることができたのは、震災から一週間後のことだった。地震が起きた直後から、実家と連絡がとれなくなった。携帯電話も固定電話も繋がらない。自宅のある山形も、停電が続いていた。テレビを見るには、車のバッテリーを使うしかなかった。

カーナビの画面に映るテレビ映像では、被災地を襲った大津波の様子が、次々に流れていた。すぐにでも実家に駆けつけたかったが、幹線道路は緊急車両以外通行止めで、ガソリンの供給も逼迫《ひっぱく》していた。山形から岩手まで往復できる分のガソリンをなんとか入手し、実家へ向かえたのは、震災から七日目のことだった。

内陸から沿岸に入り、海が近づくにつれ、震災の被害が考えていた以上に甚大であることを知った。テレビの画面に映る被害はほんの一部で、実際の被災状況は想像をはるかに超えていた。沿岸一帯にあった家屋やビルなどの建造物は崩壊し、地面は瓦礫で埋め尽くされていた。電柱は飴細工のように捻じ曲がり、高い木の枝には、布団や衣服、沖にあるはずの浮きまでぶら下がっている。

ガス管が破裂したのだろう。実家があったと思われる場所に立つと、辺りにはガスの臭いが立ち込めていた。地面を見ると、折れたガス管が剝き出しになっていた。

海から吹いてくる風は、容赦なく冷たかった。粉塵や消毒のために撒《ま》かれた石灰が風で舞い上がり、目を刺激した。

連絡が取れない両親を探して、避難所の張り紙を見て回った。が、伝言板に両親からの連絡はなく、避難者名簿にも名前は見当たらなかった。

避難所を出たあと、遺体安置所になっている、地域の体育館を回った。

体育館の壁に、発見された遺体の特徴を記した紙が貼られていた。身長、体重、手術痕、身に着けていた品などが書かれている。両親の体型と重なる記載があれば、そのつど遺体を確認した。しかし、どこの安置所にも両親はいなかった。

遺体が見つかったのは、震災から半月ほど経った頃だった。母親が二週間後、父親が三週間後に、自衛隊員の手によって発見された。寒い時期だったことと、陸から発見されたため、ふたりともひと目でわかる面影を残していた。

震災から過ぎた時間が、短いのか長いのかまだ自分にはわからない。だが、震災の直後に被災地を訪れたときの記憶は、昨日のことのように残っている。

凍てつく海風の強さや、あたりに立ち込めていた腐敗臭、屋外より寒く感じた遺体安置所の冷気、陽が落ちたあとの闇の深さ——すべての記憶はいまでも、鮮明に、心のなかにある。

自分のなかに、震災から時間が経った日常を送る自分と、あの日から動けずにいる自分がふたりいる。毎日、変わりない日々を送りながら、ふとした拍子に、もういない両親に電話しそうになる自分がいる。そんなときは、震災が奪っていったものの重みに、崩れ落ちそうになる。

そのたびに私は、父が遺した言葉を思い出す。

父は私がデビューをしたときに「これから頑張って書き続けなさい。それが、作品を評価してくださった方々へのご恩返しだ」と言った。崩れ落ちそうになるたびに、父のその言葉を思い出し、自分を奮い立たせて原稿に向かう。

友人から届いた年賀状にあった、こちらは変わりありません、という文章が、いつからのことを指しているのかはわからない。きっと、私と同じように彼女のなかにも、流れ続ける時間と止まったままの時間が、共存しているのだと思う。

いまもまだ、深い哀しみを抱えながら生きている人がいる。息をすることさえ、辛いと感じている人がいる。日々の営為を繰り返しながらも、動けずにいる人は、少なくないはずだ。

大切なものを失い、あの日から時が止まってしまった人たちが、半歩でも前に進める日が来ることを、願わずにはいられない。

ふたつの時間

私のなかには、ふたつの時間が流れている。

震災の日で止まったままの時《とき》と、そこから流れている時だ。

ふたつは心で行ったり来たりを繰り返し、ときに自分のなかの時間軸を歪める。

曖昧な時間のなかで、震災で亡くなった両親は笑い、瓦礫が埋め尽くす土地には嗚咽が響き、仕事部屋の窓辺で猫が寝ている。

その歪んだふたつの時間が、自分のなかで結びつくときがある。

被災地を訪れたときだ。

地震に襲われた土地のなかでも、津波の被害を受けた場所は、いまだ震災の傷跡が深く残っている。古い建物と新しい建物、更地が混在し、かつて防風林があった砂浜は、海風にさらされている。虚しさと悲しみが流れている場所に佇むとき、光を放つ景色に出逢うことがある。

子供が笑う光景だ。

なにか楽しいことがあったのだろう。ランドセルを背負って、少年たちがはしゃぎながら目の前を走っていく。秘密の話をしているのか。肩を寄せて、少女たちが頬を染めながら微笑んでいる。

そんな彼らを見かけると、あの子たちはあの日、どこでなにをしていたのかと考える。

なにが起きたのかわからず、混乱する大人たちを眺めていたのか。押し寄せる津波に震えていたのか。身内の亡骸を前に、泣き崩れていたのか。

ひとつ確かなことは、彼らはこのあいだにしっかりと時を刻み、成長しているということだ。

あの日、数えきれないくらい多くの人が、なにかを失い泣いた。いまも、明日が見えず、目覚めを辛く思う人がいる。その時間のなかで、一日一日、日を重ね、しっかりと育った彼らがいる。

多くの艱難《かんなん》を体験した大人たちに育まれ、愛を注がれた彼らは、社会に出て、この国の未来を作り上げていくだろう。

悲しみ、辛さ、淋しさを内包しながらも、彼らは笑う。その逞しい姿が、自分の心のなかのふたつの時間をしっかりと繋いでくれる。

子供たちの笑顔に背を押され、私も再び歩き出す。

あとがき

このたび刊行となったエッセイ集は、デビューしてから十五年のあいだに書いたものだ。

改めて見ると、思っていた以上にあり、なかには書いていることを忘れているものもあった。覚えていてもすでに原稿がないものもあり、集めてくださった担当編集者Tさんはかなり大変だったと思う。このエッセイ集は、Tさんの努力なくしては出なかったものだ。まずはTさんに、この場を借りて御礼申し上げたい。

私はデビュー当時から「原稿離れ」が悪く、ぎりぎりまで直しを入れる。しかし、今回は直すつもりはなかった。書いた当時の自分の気持ちや考えを、そのまま残したかったからだ。とはいえ、書いた時期も内容もばらばらのものを一冊にまとめるとなると、時系列を整えたり、いまになって気づく誤字脱字を直す必要がある。内容は直さなくとも、目は通さなければならず、原稿を読んだ。そして、愕然とした。

私は日々、人としても作家としても成長したい、と思っている。その気持ちは、デビュー当時から変わらず、いまも精進している。

十五年という時間は短いようで振り返れば長い。多少はその努力が実っているのではないか、と思ったが、原稿を読んでみてこれがまったく変わっていない、とわかった。嘘ではない。さらに言うならば、頭の中は子供のころと同じなのだ。

ここで私の生い立ちを書かせていただく。おおまかなことは、この本をお読みいただければおわかりになると思うが、改めて記しておく。

私は岩手県釜石市の出身で、家族は両親と兄がひとりいた。

父は仕事で転勤が多く、私も引っ越しを繰り返していた。だから、幼馴染みといったつきあいの長い友人はいない。

子供の頃から本が好きで、学校の図書館や地域の公民館から借りてきて読んでいた。私が本好きだった理由は、両親の影響があると思う。ふたりとも本が好きで、父は歴史や時代小説、母は小説に限らず絵本や漫画も読んでいた。

母は本を読んだあと、私と一緒に感想を語り合った。

「お母さんはあのキャラクターが好き。あなたは？」

「私は別な人がいい」

「このお話は、このあとどうなっていくと思う？」

「きっと、ピンチの主人公を誰かが助けに来るんだよ」

「あのシーン、とってもよかったね」

「うん、感動した」

そんな母との会話は、とても楽しかった。その体験が、私の物語における想像力を育んでくれたのだと思う。

子供の頃の私は、あまり活発ではなかったように思う。転校が多く、やっとその土地になじんだと思うと引っ越さなければならない。新しい学校ではそこにはすでに子供同士のコミュニティが出来上がっていて、仲がいい友達はなかなかできなかった。一緒に遊ぶ子がいなかったため、いつもひとりで本を読んでいた。

ひとりでいる私を周りは「可哀そうな子」と思っていたかもしれない。でも、私自身はそれほど思いつめてはいなかった。

もともとひとりでいることが苦ではなかったし、友達がいない淋しさは本が埋めてくれていた。ページを開けば魅力的な登場人物たちがいて、さまざまな世界で活躍している。その世界に没頭しているあいだは、淋しさを忘れることができた。

いまも、誰かといるより、ひとりの時間のほうが多い。誘えば食事やゴルフに付き合ってくれる編集者はいるが、ふと思い立った時に気軽に声を掛けられる友人はいない。

昔と同じく、たまに淋しいと感じるときもあるが、そんなときはやはり本を開く。そこには自分が知らない出来事や人の価値観、ドラマがある。その世界にどっぷり浸かっていると、いつしか心が穏やかになっている。

好きな物語のテイストも、昔と変わっていない。

子供の頃に好きで観ていたテレビは古谷一行さんが金田一耕助を演じた「横溝正史シリーズ」や「必殺仕事人シリーズ」。映画なら「ゴッドファーザー」「仁義なき戦い」「マッドマックス」。愛読していたマンガは「ブラック・ジャック」「北斗の拳」「漂流教室」といったバイオレンス要素が強いものだ。ちなみに初恋は渡瀬恒彦さんとブルース・リーである。

この話をすると多くの方から「少女漫画とか恋愛ドラマとかは苦手なん

ですか」と訊《き》かれるが、そうではない。私の世代だとマンガなら「キャンディ・キャンディ」や「はいからさんが通る」「エースをねらえ！」も読んでいるし、ドラマなら「コメットさん」といったファンタジーものや、恋愛ドラマの金字塔のひとつ「１０１回目のプロポーズ」も観ている。どれも面白かったが、胸に深く刻まれているのが、バイオレンス要素が強めのものなのだ。

どうしてなのか、自分なりに考えたことがある。出た答えは、きっと私は個が好きなのだ、だった。世の中の不条理や理不尽な出来事に、なににも属さず、己の信念に基づき立ち向かっていく。泥にまみれ傷だらけの見た目はかっこいいとは言えないが、その闘う姿がとても尊いのだ。もがき、あがき、泣きながら、懸命に前に進もうとする登場人物の生き方に感動する。そのような作品は、いまでも好きだ。

子供のころからいまに至るまで、なにか変わったことがあるならば、読み手から書き手になったことだろう。

作家になってから「子供の頃から作家を目指していたんですか」と訊かれることがある。実は、そうではない。小説は好きだったが作家になろうと思ったことは、一度もない。

私は二〇〇八年に「このミステリーがすごい!大賞」で大賞をいただき作家としてデビューした。そのときの投稿作品がデビュー作『臨床真理』(角川文庫)だが、投稿したときも作家になるつもりはなかった。投稿した理由は、自分がどこまで小説というものを書けているのか、を知りたかったからだ。自分が書く文章が果たして小説と呼べるものになっているのかすらわからないままの投稿だった。

投稿先を「このミステリーがすごい!大賞」にした理由は、運よく一次予選を通過すればサイト上で短い選評がもらえたからだ。いまは、一次や二次を通過すればコメントがもらえる新人賞が増えているようだが、当時は最終選考まで残らなければなんのコメントももらえない賞が多かった。自分の作品のどこが悪くてどう直せばもっとよくなるかがわからなかったのだ。「作家になりたい」ではなく「小説が上手くなりたい」と思っていた私は、ほんの数行のアドバイスが欲しくて、「このミステリーがすごい！大賞」に応募した。

結果、その作品がデビュー作となったのだが、その話をすると「嬉しかったでしょう」と言われる。だが、私の場合はそのまったく逆だった。受賞の連絡をうけたときにまっさきに思ったことは「どうしよう」だった。助走期間がまったくない状態でのスタートで「私に二作目が書けるのだろうか」という不安しかなかった。

二作目がどれだけ大切かは、当時、通っていた小説家講座で知っていた。

私はデビュー前に、山形市で行われていた小説家講座に通っていた。月に一度、第一線で活躍している作家や編集者が訪れ、受講生のテキストを講評してくれるのだ。それを知った私は、時間を見つけて通っていた。作家になりたいという思いはなく、ただ作家に会いたくて顔を出していた。

講座には足掛け四年通ったが、顔を出せたのは半分くらいだった。そのなかでお会いした作家や編集者の方々は、それぞれの文学論をお持ちで、テキストの読み方も違っていた。ただ、誰もがひとつだけ共通することを言っていた。「作家はデビューしてからが大変だ」ということだ。少々乱暴な言い方になるが「書き続けていればいつかデビューはできる。しかし、そこから生き残るのが大変だ」とのことだった。

加えて編集者は「特に二作目は大切です」と言っていた。デビュー作は「××新人賞受賞作」という看板がつき注目されるが、二作目はそれがない。看板がないところでどれだけ読者を摑《つか》めるかが作家として生き残れるかどうかの大きな分かれ目になる、というのだ。考えているネタもない。専門知識もない。文章にも自信がない私が、どれほど不安だったかお察しいただだきたい。

さきほど、作家を目指していたわけではない、と書いたが受賞の知らせを受けたあと「作家になれたからには生き残りたい」と強く思った。それはいまでも同じだ。

デビューしてから十五年になるが、次の作品が書けるだろうか、という不安と、作家として生き残りたい、という思いは変わらない。日々、常になにかに怯《おび》え、自分を奮い立たせながら書いている。

デビューしてから、いろいろなことがあった。思いがけない喜びがある一方で、辛い哀しみもあった。どちらが多かったか、と訊かれてもどう答えていいかわからないが、ひとつ言えるのは、私は人に恵まれている、ということだ。

編集者のみなさんは、飴と鞭を上手に使い、筆が進まない私を引っ張ってくれた。なにかしらで落ち込んでいると、励まして元気をつけてくれた。

取材でお会いした方々もそうだ。なにも知らない私に親切に教えてくださり、つまらない質問にも丁寧に答えてくれた。原稿のチェックを引き受けてくださった方もいる。その方々なくして、私の作品は成り立たない。

それは、装丁に関しても言える。私は、カバーのイラストやデザインは、すべて担当編集者にお任せしている。

今回、カバーにGLAYのTERUさんの絵を勧めてくれたのは、あとがきの冒頭に出てくる担当編集者Tさんだ。Tさんは私がデビューした当初からのお付き合いで、いままでにも何冊か一緒に作っている。いつもその作品に合いそうなタッチのイラストを何点かあげて「柚月さんはどれがいいですか」と訊《たず》ねるのだが、今回は違った。他の候補はなく「TERUさんの絵をカバーにしたい」ときっぱりと言ってきた。

Tさんが見せてくれたTERUさんの絵は、青が印象的なものだった。透明で、儚《はかな》げで、淋し気で、でも力強い。私は観た瞬間、強く引きつけられて「TERUさんにお願いしましょう」と即答した。

TERUさんに連絡をとったあと、私もTさんも気が気ではなかった。お願いしても、使用許可が出るかわからなかったからだ。祈るような思いで返事を待っていたが、TERUさんからの回答は「OK」だった。

ふたりで喜んでいると、さらに嬉しいご連絡があった。原稿を読んだTERUさんが、絵を描《か》きおろしてくださったのだ。私が目を奪われた青で、優しくも凛《りん》とした花は、私の拙《つたな》いエッセイに美しい彩りを与えてくれた。多忙ななか、絵を描きおろしてくださったTERUさんに、この場を借りて深く御礼申し上げたい。

インタビューで「これから書きたいものはなんですか」と質問されることがある。そのたびに自分自身に「なんだろう」と問うが、その答えもいつも同じだ。

人が心に抱えているものだ。世の中の不条理に対する怒り、愛しい人を失う哀しみ、貧しさからくる飢え、病の苦しさ、死への恐怖といったものだが、それは翻《ひるがえ》せば生への喜び、愛しい人がいる幸せ、豊かさからくる満足、誰にでも平等に訪れる死へと繋がる。

これは時代や国が違っても、誰もが抱く感情であり、普遍的なテーマだと思っている。それらと向き合ったときに悩み、考え、決断し、前に進む姿を描いていきたい。

私はきっとこれからも、新しいなにかに出逢い、影響を受けながらも、なにも変わらず書き続けていくのだと思う。たくさんの人に支えられながら、なにも変わらずに小説を書いていくのだと思う。

結びに、この本や私の作品を手に取ってくださった読者のみなさまに、心から感謝の気持ちをお伝えしたい。書店やインターネットには、古典と呼ばれる古いものから、昨日発売になった新刊まで、数えきれないくらいの作品がある。その数多《あまた》の物語の中から、自分が書いた一冊を手に取ってもらうことがいかに大変なのか、わかっているつもりだ。だからこそ、読者の方が最後のページを閉じたとき「面白かった」と言ってもらえるような作品を書こうと思ってきたし、これからもそう思いながら書いていく。

がんばります。

ブランドと呼ばれる理由
「Yui　Vol.39」2017年2月発行

自然と人生
「Yui　Vol.40」2017年5月発行

願いは希望
「Yui　Vol.41」2017年8月発行

かわらない月
「Yui　Vol.42」2017年11月発行

春はくる
「Yui　Vol.43」2018年2月発行

想像する原点を思い出す五冊
「新刊展望」2016年12月号

「欲しい本」と「必要な本」
「本の雑誌」2017年6月号

作家の字典　柚月裕子の猫
「小説BOC　第6号」2017年7月発行

藤沢周平の故郷・鶴岡を訪ねる
「柚月裕子が訪ねる藤沢周平の故郷・鶴岡」改題　「オール讀物」2017年11月号

日本推理作家協会
七十周年記念エッセイ
『推理作家謎友録 日本推理作家協会70周年記念エッセイ』日本推理作家協会編 2017年8月発行 角川文庫

猫
「小説すばる」2018年1月号

誰もが気づきたくない孤独
「小説推理」2018年1月号

青い炎を込めた作品
「ほんのひきだし」2018年4月24日

映画「孤狼の血」によせて
「カドブン」2018年5月11日

「オヤジ」と呼ばれる世代を書くときが一番萌えます
「週刊文春」2018年8月16・23日号

疲れたとき、私は広島へ行く。
「小説幻冬」2018年10月号

日々是挑戦〈1〉～〈12〉
「小説推理」2019年1月号～2019年12月号

誇りの強さ
「文藝春秋」2019年10月号

生きようとする姿のまぶしさ
「週刊朝日」2020年5月29日号

目に見えないものほど
「小説すばる」2020年10月号

一手の重み
「週刊文春」2020年12月31日・2021年1月7日号

ポーチの中身
「小説宝石」2022年3月号

〈 ふたりの自分 〉

見捨てないで
「河北新報」2011年4月23日

黙々と
「Feel Love　vol.13」2011年7月発行

津波
「やまがた街角　第57号」2011年6月

あの日からのふたりの自分
「オール讀物」2016年3月号

ふたつの時間
「週刊新潮」2018年3月15日号

初出一覧

〈 ふたつの時間 〉

記憶のなかの料理
「山形新聞」2009年1月4日

違いは間違いではない
「山形新聞」2009年2月8日

道の記憶
「山形新聞」2009年3月15日

安心なる不安
「山形新聞」2009年4月19日

祭りのひよこ
「山形新聞」2009年5月24日

たったひとつのきっかけ
「山形新聞」2009年6月28日

想像力を駆使して読み解く作品
「山形新聞」2009年8月2日

残す人
「山形新聞」2009年9月6日

犬と猫と人間と
「山形新聞」2009年10月11日

思いどおりにならないもの
「山形新聞」2009年11月15日

自分という小説
「山形新聞」2009年12月20日

字から見えるもの
「河北新報」2009年1月29日

自分のなかのレンズ
「河北新報」2009年3月12日

忘れたくない別れ
「河北新報」2009年4月23日

最後に残るもの
「河北新報」2009年6月11日

思い出に残る、手造りの一品
「小説すばる」2009年3月号

でも、私は私
「小説すばる」2010年8月号

記憶は死なない
「小説トリッパー」2012年6月号

黒板五郎の「遺言」
「ジェイ・ノベル」2012年8月号

山形　蔵王温泉　深山荘高見屋
「オール讀物」2013年2月号

『検事の本懐』　第十五回大藪春彦賞発表　受賞のことば
「読楽」2013年3月号

母のぬくもりと……
「やまがた街角　第67号」2013年12月

思い出の道
「道の記憶」改題
「北の文学　第68号」2014年5月発行

わたしのレーゾンデートル
「新刊展望」2014年12月号

後世に遺すべき傑作のひとつ
柚月裕子が読む黒川博行『疫病神』
「本の旅人」2015年1月

はじめての高野山
「ジェイ・ノベル」2015年8月号

『孤狼の血』　第六十九回日本推理作家協会賞　受賞の言葉
「小説野性時代」2016年7月号

『孤狼の血』　第六十九回日本推理作家協会賞　受賞メッセージ
「ミステリマガジン」2016年7月号

夏の山形
「Yui　Vol.37」2016年8月発行

故郷の空
「Yui　Vol.38」2016年11月発行

2018

『凶犬の眼』

2018年3月 KADOKAWA刊
2020年3月 角川文庫刊

2019

『検事の信義』

2019年4月 KADOKAWA刊
2021年10月 角川文庫刊

2020

『暴虎の牙』

2020年3月 KADOKAWA刊
2023年1月 角川文庫刊

2021

『月下のサクラ』

2021年5月 徳間書店刊

『ミカエルの鼓動』

2021年10月 文藝春秋刊

2022

『チョウセンアサガオの咲く夏』

2022年4月 KADOKAWA刊

『教誨』

2022年11月 小学館刊

2023

『合理的にあり得ない2 上水流涼子の究明』

2023年3月 講談社刊

柚月裕子　著書リスト

（2023年9月現在）

2009

『臨床真理』
2009年1月 宝島社刊
2019年9月 角川文庫刊

2010

『最後の証人』
2010年5月 宝島社刊
2018年6月 角川文庫刊

2011

『検事の本懐』
2011年11月 宝島社刊
2018年7月 角川文庫刊

2013

『検事の死命』
2013年9月 宝島社刊
2018年8月 角川文庫刊

2014

『蟻の菜園
～アントガーデン～』
2014年8月 宝島社刊
2019年6月 角川文庫刊

『パレートの誤算』
2014年10月 祥伝社刊
2017年4月 祥伝社文庫刊

2015

『朽ちないサクラ』
2015年2月 徳間書店刊
2018年3月 徳間文庫刊

『ウツボカズラの甘い息』
2015年5月 幻冬舎刊
2018年10月 幻冬舎文庫刊

『孤狼の血』
2015年8月 KADOKAWA刊
2017年8月 角川文庫刊

2016

『あしたの君へ』
2016年7月 文藝春秋刊
2019年11月 文春文庫刊

『慈雨』
2016年10月 集英社刊
2019年4月 集英社文庫刊

2017

『合理的にあり得ない
上水流涼子の解明』
2017年2月 講談社刊
2020年5月 講談社文庫刊

『盤上の向日葵』
2017年8月 中央公論新社刊
2020年9月 中公文庫刊

本文庫は文春文庫オリジナルです。

本文デザイン・木村弥世

文春文庫

ふたつの時間《じかん》、ふたりの自分《じぶん》

定価はカバーに表示してあります

2023年10月10日　第1刷
2024年4月25日　第2刷

著　者　柚《ゆ》月《づき》裕《ゆう》子《こ》
発行者　大沼貴之
発行所　株式会社　文藝春秋

東京都千代田区紀尾井町 3-23　〒102-8008
TEL 03・3265・1211㈹
文藝春秋ホームページ　http://www.bunshun.co.jp

落丁、乱丁本は、お手数ですが小社製作部宛お送り下さい。送料小社負担でお取替致します。

印刷・萩原印刷　製本・加藤製本

Printed in Japan
ISBN978-4-16-792118-7

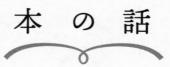